COLLECTION « BEST-SELLERS »

DU MÊME AUTEUR

chez le même éditeur

LA VARIÉTÉ ANDROMÈDE, 1970
SPHÈRE, 1988, 1998
JURASSIC PARK, 1992
SOLEIL LEVANT, 1993
HARCÈLEMENT, 1994
LE MONDE PERDU, 1996
TURBULENCES, 1997
VOYAGES, 1998

MICHAEL CRICHTON

LE TREIZIÈME GUERRIER

roman

traduit de l'américain par Lisa Rosenbaum

ROBERT LAFFONT

Titre original : EATERS OF THE DEAD

Traduction française : titre original « Les Mangeurs de Morts »,

Sous le titre « Le Treizième Guerrier », Éditions Robert Laffont, S.A., Paris, 1999

ISBN 2-221-08848-4
Dépôt légal : juillet 1999

À William Howells

« Loue la journée quand le soir est arrivé, la femme quand elle a été brûlée, l'épée quand elle a fait ses preuves, la jeune fille quand elle est mariée, la glace quand elle a été franchie, la bière quand elle a été bue. »

PROVERBE VIKING

« Le Mal ne date pas d'hier. »

PROVERBE ARABE

Les trois premiers chapitres de ce livre sont tirés en grande partie du manuscrit d'Ibn Fadlan, tel qu'il est traduit d'une part par Robert Blake et Richard Frye, et d'autre part par Albert Stanburrough Cook.

Avec ma reconnaissance pour leur travail d'érudition.

Introduction

Le manuscrit d'Ibn Fadlan constitue le premier témoignage connu sur la vie et la société vikings. Cet extraordinaire document décrit d'une façon très vivante et détaillée des événements vieux de plus de mille ans. Bien entendu, il ne nous est pas parvenu intact. Il a sa propre histoire et celle-ci n'est pas moins remarquable que le texte lui-même.

Provenance du manuscrit

En juin 921 après J.-C., le calife de Bagdad envoya l'un de ses courtisans, Ahmed Ibn Fadlan, en ambassade auprès du roi des Bulgares. Ibn Fadlan resta absent trois ans sans toutefois réussir à accomplir sa mission : en route, il rencontra une troupe de Normands avec lesquels il eut de nombreuses aventures.

Quand il rentra enfin à Bagdad, il raconta tout ce qui lui était arrivé sous la forme d'un rapport officiel à la cour. Le manuscrit original a disparu depuis longtemps et, pour le reconstituer, nous dépendons de fragments épars conservés dans des sources ultérieures.

La plus connue d'entre elles est un lexique géographique arabe rédigé au XIIIe siècle par Yakut ibn-Abdallah. L'auteur y inclut une douzaine de citations du récit qu'Ibn Fadlan avait fait trois cents ans plus tôt. Yakut a certainement utilisé une copie de l'original, mais ces quelques paragraphes ont été traduits et retraduits d'innombrables fois par divers érudits au cours des siècles suivants.

Un autre fragment fut découvert en Russie en 1817 et publié en allemand par l'Académie de Saint-Pétersbourg en 1823. Ces matériaux comprennent certains passages déjà publiés en 1814 par J.L. Rasmussen. Ce dernier se servit d'un manuscrit perdu depuis, et d'origine douteuse, qu'il avait trouvé à Copenhague. À cette époque, il existait aussi des traductions suédoises, françaises et anglaises, mais elles sont toutes d'une inexactitude notoire et ne semblent pas comporter d'éléments nouveaux.

En 1878, on découvrit deux autres manuscrits dans la collection privée d'antiquités de Sir John Emerson, l'ambassadeur de Grande-Bretagne à Constantinople. Sir John était un de ces collectionneurs avides dont la soif d'acquérir dépassait l'intérêt pour l'objet acquis. Personne ne sait où ni quand il avait obtenu les deux manuscrits qu'on trouva chez lui après sa mort.

L'un est une géographie en arabe d'Ahmed Tusi. Daté de 1047 après J.-C., ce document est donc le plus proche, chronologiquement, de l'original d'Ibn Fadlan qui a dû être écrit vers 924-926 après J.-C. Les historiens, toutefois, le considèrent comme la moins sûre de toutes les sources : le texte fourmille d'erreurs évidentes et de contradictions internes. Aussi, bien qu'il comprenne de nombreuses citations d'un certain

« Ibn Faqih », qui avait visité le pays du Nord, beaucoup de spécialistes hésitent à le considérer comme valable.

L'autre, dû à la plume d'Amin Razi, date approximativement de 1585-1595 après J.-C. Il est en latin et, selon son auteur, traduit directement du texte arabe d'Ibn Fadlan. Ce document comprend quelques lignes sur les Turcs Oguz et plusieurs passages relatifs aux batailles avec les monstres du brouillard qu'on ne trouve pas dans d'autres sources.

En 1934, un dernier texte en latin médiéval fut découvert au monastère de Xymos, près de Thessalonique, dans le nord-est de la Grèce. Ce document comporte des commentaires additionnels sur les relations d'Ibn Fadlan avec le calife et sur ses aventures avec les habitants du pays du Nord. On ignore le nom de son auteur et la date de sa rédaction.

Rassembler ces multiples versions et traductions étendues sur plus d'un millier d'années et parues en arabe, en latin, en allemand, en français, en danois, en suédois et en anglais représentait une tâche énorme. Seul un érudit doté de beaucoup d'énergie pouvait l'entreprendre. C'est ce qui arriva en 1951 : Per Fraus-Dolus, professeur *emeritus* de littérature comparée à l'université d'Oslo, Norvège, compila toutes les sources connues et s'attela à l'immense travail de les traduire. Celui-ci l'occupa jusqu'à sa mort, en 1957. Des extraits de cette nouvelle traduction parurent dans le *Bulletin du Musée national d'Oslo, 1959-1960*. Ils ne suscitèrent toutefois que peu de réactions dans les milieux érudits, vraisemblablement en raison de la circulation limitée de ce journal.

La traduction de Fraus-Dolus est absolument littérale. Dans son introduction à ce texte, le professeur écrit : « La nature des langues veut qu'une jolie traduction soit infidèle alors qu'une traduction fidèle trouve sa propre beauté sans coup de pouce. »

En préparant cette version complète et annotée de la traduction de Fraus-Dolus, je me suis permis quelques modifications. J'ai supprimé quelques passages répétitifs ; ceux-ci sont indiqués dans le texte. J'ai changé la construction des paragraphes : à chaque interlocuteur directement cité, je vais à la ligne, selon la convention moderne. J'ai omis les signes diacritiques sur les noms arabes. Enfin, j'ai parfois changé la syntaxe originale, le plus souvent en transposant des subordonnées pour rendre le sens de la phrase plus évident.

Les Vikings

Le portrait que Ibn Fadlan trace des Vikings diffère considérablement de celui qu'en brossent traditionnellement les Européens. Les premiers d'entre eux à décrire les Normands [1] furent des ecclésiastiques. Seuls observateurs qui, à l'époque, savaient écrire, ils considéraient ces païens avec une horreur particulière. Voici un passage, d'un hyperbolisme caractéristique, extrait d'un texte irlandais du XIIe siècle et cité par D.M. Wilson :

> *« En bref, si l'on trouvait une centaine de têtes en fer bien trempé sur le même cou, chacune avec une centaine de langues d'airain aussi acérées qu'inusables et si chacune d'entre elles criait sans relâche avec une centaine de voix infatigables, elles ne parviendraient encore pas à relater, narrer, énumérer ou*

1. Littéralement : « Hommes du Nord ». (N.d.T.)

décrire tout ce que le peuple d'Irlande, hommes et femmes, laïques et prêtres, jeunes et vieux, nobles et roturiers, a subi comme épreuves, préjudices et oppression de la part de ces farouches païens belliqueux. »

Les érudits modernes admettent que ces récits horrifiques des raids vikings sont fort exagérés. Les écrivains européens, toutefois, ont encore tendance à considérer les Scandinaves comme de sanguinaires barbares, à l'écart du courant principal de la culture et des idées occidentales. Ceci a souvent été fait aux dépens d'une certaine logique. David Talbot Rice, par exemple, écrit :

« Du VIIIe au XIe siècle, le rôle que jouèrent les Vikings fut peut-être plus important et plus influent que celui de n'importe quel autre groupe ethnique en Europe occidentale... Ainsi les Vikings étaient de grands voyageurs. Ils réalisèrent de remarquables exploits comme navigateurs. Leurs villes étaient de grands centres commerciaux. Ils avaient un art original, créateur et influent, une bonne littérature et une culture développée. Mais était-ce vraiment une civilisation ? À mon avis, il faut répondre par la négative... Elle manquait de cette note d'humanisme qui est la marque de la civilisation. »

Chez Lord Clark, même son de cloche :

« Quand on pense aux sagas islandaises, qui comptent parmi les livres importants dans le monde, on doit admettre que les Scandinaves produisirent une culture. Mais était-ce une civilisation ?... Une civilisation, ce n'est pas seulement de l'énergie, de la volonté, et le pouvoir de créer : c'est quelque chose que les premiers Norvégiens n'avaient pas, mais qui,

même à leur époque, commençait à réapparaître en Europe. Comment puis-je le définir ? En bref, un sens de la permanence. Nomades et envahisseurs, les Vikings étaient dans un état de perpétuel changement. Ils n'éprouvaient pas le besoin de prévoir au-delà du prochain mois de mars, du prochain voyage ou de la prochaine bataille. Et, pour cette raison, il ne leur est pas venu à l'idée de bâtir des maisons en pierre ou d'écrire des livres. »

Plus on lit ces points de vue avec attention, plus ils paraissent illogiques. En fait, il semble étonnant que des érudits européens extrêmement cultivés et intelligents se sentent en droit d'exécuter les Vikings avec une telle légèreté. Et pourquoi la question sémantique de savoir s'ils avaient une « civilisation » ? Cette situation ne s'explique que si l'on admet un vieux préjugé européen issu d'opinions traditionnelles sur la préhistoire européenne.

En Occident, on nous enseigne consciencieusement à l'école que le Proche-Orient est « le berceau de la civilisation » et que les premières civilisations naquirent en Égypte et en Mésopotamie, nourries par les bassins fluviaux du Nil et du Tigre et de l'Euphrate. De là, elles s'étendirent à la Crète et à la Grèce, puis à Rome et, finalement, aux barbares du nord de l'Europe.

On ignore ce que faisaient ceux-ci en attendant l'arrivée de la civilisation : peu de gens se sont d'ailleurs posé la question. L'accent reposait sur la dissémination, processus que Gordon Childe définit comme « l'irradiation du barbarisme par la civilisation orientale ». Des savants modernes ont soutenu ce point de vue, tout comme des savants grecs et romains l'avaient fait avant eux. Geoffrey Bibby écrit : « L'histoire du nord et de l'est de l'Europe est vue de l'Ouest et du Sud avec tous les préjugés d'hommes qui se considéraient comme civilisés envers des hommes qu'ils considéraient comme barbares. »

De ce point de vue, les Scandinaves sont en effet les plus éloignés de la source de civilisation et, logiquement, les derniers à l'acquérir. Ils sont donc tenus pour les derniers barbares, une épine dans le flanc de ces autres régions européennes qui essaient d'absorber la sagesse et la civilisation de l'Orient.

L'ennui, c'est que ce jugement traditionnel sur la préhistoire européenne a été en grande partie infirmé au cours des quinze dernières années. Le développement de techniques précises de datation au carbone a bouleversé l'ancienne chronologie sur laquelle s'appuyaient les vieilles théories de la diffusion. Il semble maintenant irréfutable que des Européens ont érigé d'énormes tombes mégalithiques avant que les Égyptiens bâtissent les pyramides. Stonehenge est plus vieux que la civilisation mycénienne. La métallurgie en Europe pourrait fort bien avoir été antérieure à celle qu'eurent la Grèce et Troie.

La signification de ces découvertes n'a pas encore été entièrement comprise, mais, en tout cas, il est d'ores et déjà impossible de considérer les Européens préhistoriques comme des sauvages qui attendaient passivement l'arrivée des bienfaits de la civilisation orientale. Au contraire : ils semblent avoir eu des talents d'organisation assez considérables pour travailler d'énormes pierres. Ils semblent avoir eu également d'impressionnantes connaissances astronomiques puisqu'ils ont construit Stonehenge, le premier observatoire du monde.

Le préjugé européen envers l'Orient civilisé doit donc être remis en question ainsi que le concept même de « barbarie européenne ». Dans cette optique, ces résidus barbares, les Vikings, revêtent une signification nouvelle et nous pouvons revoir ce que nous savons des Scandinaves du Xe siècle.

Nous devrions d'abord reconnaître que « les Vikings » ne constituèrent jamais un groupe nettement homogène. Les Européens, finalement, ne connurent que des bandes isolées de navigateurs qui venaient d'une vaste région géographique (la Scandinavie est plus grande que le Portugal, l'Espagne et la France réunis) et qui prenaient la mer depuis leurs domaines féodaux individuels pour se livrer au commerce, à la piraterie, ou aux deux : les Vikings ne faisaient guère de différence entre les deux, mais c'est là une tendance partagée par de nombreux marins, depuis les Grecs jusqu'aux Élisabéthains.

En fait, pour un peuple sans civilisation, qui « n'éprouvait pas le besoin de prévoir... au-delà de la prochaine bataille », les Vikings font preuve d'une conduite remarquablement constante et réfléchie. L'apparition, en Scandinavie, de pièces de monnaie arabes dès 692 après J.-C. prouve l'étendue de leur commerce. Durant les quatre siècles suivants, les commerçants-pirates vikings allèrent aussi loin à l'ouest que Newfoundland, aussi loin au sud que la Sicile et la Grèce (où ils laissèrent leurs marques gravées sur les lions de Délos) et aussi loin à l'est que les montagnes de l'Oural, en Russie, où les marchands faisaient jonction avec les caravanes qui venaient de la route de la soie chinoise. Les Vikings n'étaient pas des bâtisseurs d'empire, et on a l'habitude de dire que leur influence à travers ces vastes territoires n'était pas permanente. Elle le fut cependant assez pour donner des noms à bon nombre de localités en Angleterre, et la Russie lui doit même son nom : celui de la tribu nordique des Rous.

Quant à l'influence plus subtile de leur vigueur païenne, de leur inépuisable énergie et de leur système de valeurs, le manuscrit d'Ibn Fadlan nous montre combien de comportements typiquement nordiques ont survécu jusqu'à nos jours. Pour la sensibilité moderne, le mode de vie viking a quelque chose d'extraordinairement familier et aussi de profondément attirant.

Sur l'auteur

Et maintenant, quelques mots sur Ibn Fadlan, l'homme dont la voix si caractéristique nous parvient par-delà un gouffre de plus de mille ans et à travers le filtre de transcripteurs et de traducteurs d'une douzaine de traditions linguistiques et culturelles différentes.

Nous ignorons presque tout de sa personne. De toute évidence, il était cultivé et, à en juger d'après ses exploits, ne pouvait pas avoir été bien vieux. Il se dit explicitement un proche du calife, qu'il n'admirait pas particulièrement d'ailleurs (ce en quoi il n'était pas le seul : al-Muqtadir fut déposé deux fois et, finalement, tué par l'un de ses officiers).

Nous en savons davantage sur la société dans laquelle il vivait. Au Xe siècle, Bagdad, la Cité de la Paix, était la ville la plus civilisée du monde. Dans ses célèbres murs circulaires, elle comptait plus d'un million d'habitants. Elle était un centre d'activité intellectuelle et commerciale dans un environnement d'une grâce, d'une élégance et d'une splendeur inouïes. On y trouvait des jardins parfumés, des charmilles fraîches et ombragées, et l'accumulation des richesses d'un vaste empire.

Les Arabes de Bagdad étaient des musulmans, et même des musulmans très fervents. Mais ils étaient également en contact avec des peuples dont l'aspect physique, les actes et la foi différaient des leurs. À cette époque, en fait, les Arabes étaient les gens les moins « provinciaux » de la terre, et ceci en faisait d'excellents observateurs de cultures étrangères.

De toute évidence, Ibn Fadlan est lui-même un homme intelligent et observateur. Il s'intéresse aussi bien aux détails de la vie quotidienne qu'aux croyances des personnes qu'il rencontre. Beaucoup de scènes dont il est le témoin lui paraissent vulgaires, obscènes et barbares, mais il ne perd guère de temps à s'indigner. Une fois qu'il a exprimé sa désapprobation, il reprend son rôle de rapporteur impassible. Et il décrit ce qu'il voit avec une totale absence de condescendance.

Son style peut paraître bizarre aux Occidentaux : Ibn Fadlan ne raconte pas une histoire de la même façon que nous. Nous-mêmes avons tendance à oublier que notre propre sens du drame plonge ses racines dans une tradition orale : le récital d'un barde devant un auditoire qui a souvent dû se montrer agité, impatient, sinon ensommeillé après un repas trop lourd. Nos plus vieilles histoires, *l'Iliade, Beowulf, La Chanson de Roland*, étaient toutes destinées à être chantées par des chanteurs dont la fonction principale, et la première obligation, était de distraire.

Ibn Fadlan, toutefois, était un écrivain. Il n'avait pas l'intention de distraire. Ni de glorifier quelque protecteur ou de renforcer les mythes de la société dans laquelle il vivait. Au contraire : c'était un ambassadeur qui rédigeait un rapport. Il écrit comme un percepteur et non comme un barde, comme un anthropologue et non comme un dramaturge. Souvent même il préfère affaiblir les éléments les plus palpitants de sa narration pour rester clair et pondéré.

Cette froideur est parfois si irritante qu'elle nous cache l'extraordinaire esprit d'observation d'Ibn Fadlan. Plus tard, pendant des siècles, les voyageurs auront pour tradition d'écrire des chroniques hautement conjecturales et fantaisistes : parmi les merveilles de l'étranger, on trouve souvent des animaux parlants, des hommes emplumés qui volent, des monstres et des licornes. Il y a deux siècles à peine, des Européens autrement plus rassis remplissaient encore leurs gazettes d'âneries : histoires de babouins africains faisant la guerre à des fermiers, etc.

Ibn Fadlan, lui, ne se livre jamais à des suppositions. Chaque mot qu'il écrit semble vrai et, quand il tient ses renseignements d'un autre, il prend soin de le préciser. Quand il parle en tant que témoin, il le spécifie tout aussi scrupuleusement. C'est pourquoi il emploie si souvent la phrase : « Je l'ai vu de mes propres yeux. »

Finalement, c'est cette qualité d'absolue vérité qui rend son récit tellement horrifiant. Car sa rencontre avec les monstres du brouillard, les « mangeurs de morts », est relatée avec le même souci du détail, le même scepticisme prudent que ceux qui marquent les autres parties du manuscrit.

Au lecteur d'en juger.

LE ROYAUME DE ROTHGAR

Manuscrit d'Ibn Fadlan dans lequel celui-ci relate ses aventures avec les hommes du Nord en 922 après J.-C.

Le départ de la Cité de la Paix

Loué soit Dieu le Miséricordieux, le Compatissant, le Seigneur des Deux Mondes, et béni soit le Prince des Prophètes, notre Seigneur et Maître Mahomet. Que Dieu le bénisse, le préserve et lui accorde paix et bénédiction jusqu'au Jour de la Foi !

Ce livre a été écrit par Ahmed Ibn Fadlan, ibn-al-Abbas, ibn-Rasid, ibn-Hammad, client de Muhammad ibn-Sulayman, ambassadeur de al-Muqtadir auprès du roi de la Saqaliba. Dans cet ouvrage, il relate ce qu'il a vu au pays des Turcs, des Khazars, des Saqalibas, des Bachkirs, des Rous et des Normands, l'histoire de leurs rois et grand nombre de leurs coutumes.

La lettre du Yiltawar, roi des Saqalibas, parvint au Commandeur des croyants al-Muqtadir. Dans sa missive, le roi demandait qu'on lui envoyât quelqu'un qui l'instruirait dans la religion et lui enseignerait les lois de l'islam ; quelqu'un qui lui bâtirait une mosquée et lui érigerait une chaire du haut de laquelle pourrait être accomplie la mission de convertir son peuple dans toutes les provinces de son royaume ; et aussi qui lui apporterait des conseils pour la construction de fortifications et d'ouvrages de défense. Et il priait le calife de lui rendre ce service. Dadir al-Hurami jouait le rôle d'intermédiaire dans cette affaire.

Or on sait que le Commandeur des croyants al-Muqtadir n'était pas un calife fort et juste. Il aimait les plaisirs et les flatteries. Ses officiers l'encensaient par-devant et se moquaient de lui par-derrière. Je ne faisais pas partie de leur cercle, pas plus que je ne jouissais des faveurs du calife, et cela pour la raison suivante : dans la Cité de la Paix vivait un commerçant âgé nommé ibn-Qarin. Il était riche en tout, sauf en générosité et en amour pour son prochain. Il gardait jalousement son or ainsi que sa jeune femme que personne n'avait jamais vue, mais qu'on disait plus belle que tout ce qu'on peut imaginer. Or un certain jour, le calife m'envoya porter un message à ibn-Qarin. Je me présentai à la maison du marchand et demandai à entrer avec ma lettre et mon sceau. J'ignore jusqu'à ce jour la teneur de cette missive, mais peu importe.

Le marchand n'était pas chez lui : il était sorti pour affaires. J'expliquai au serviteur qui m'ouvrit que je devais attendre le retour de son maître, le calife m'ayant recommandé de ne lui remettre son message qu'en main propre. Le domestique me fit donc entrer, ce qui prit un certain temps, la porte étant garnie d'innombrables verrous, serrures, barres et targettes, comme dans toutes les demeures d'avares. Enfin, je fus admis. J'attendis tout le jour et commençai à avoir faim et soif, mais les serviteurs de ce ladre de marchand ne m'offrirent aucun rafraîchissement.

Dans la chaleur de l'après-midi, alors que le silence régnait dans la maison et que les domestiques dormaient, je m'assoupis moi aussi. Soudain une apparition blanche se dressa devant moi : une femme jeune et belle que je supposais être la femme qu'aucun homme n'avait jamais vue. Elle ne dit pas un mot, mais, par gestes, me conduisit dans une autre pièce dont elle verrouilla la porte. Je la possédai sur-le-champ et, dans ce domaine, elle n'eut pas besoin d'encouragements, son mari étant vieux et certainement négligent. L'après-midi passa très vite de cette façon, puis nous entendîmes rentrer le maître de maison. Aussitôt, l'épouse se leva et partit sans jamais avoir prononcé un seul mot en ma présence. Resté seul, je me rajustai en hâte.

Je me serais certainement fait prendre n'eût-ce été les innombrables serrures et verrous qui empêchèrent l'avare d'entrer dans sa propre demeure. Le marchand ibn-Qarin me trouva malgré tout dans la pièce adjacente et m'examina avec suspicion. Il me demanda pour qu'elle raison j'étais là et non pas dans la cour où il convenait à un messager d'attendre. Je répondis que, me sentant faible et affamé, j'étais venu chercher de la nourriture et de l'ombre. C'était un piètre mensonge et il ne me crut pas. Il se plaignit au calife qui, je le sais, s'en amusa en privé, mais fut obligé de se montrer sévère en public. Aussi quand le roi des Saqalibas demanda une mission au calife, cette même vipère d'ibn-Qarin insista auprès de notre maître pour que ce soit moi qu'on envoyât. Et il eut gain de cause.

Faisait partie de notre groupe l'ambassadeur du roi des Saqalibas. Il s'appelait Abdallah ibn-Bastu al-Hazari. C'était un homme bavard et ennuyeux. Il y avait aussi Takin al-Turki et Bars al-Saqlabi, qui nous servaient de guides, et moi-même. Nous portions des présents pour le roi, sa femme, ses enfants et ses généraux. Nous portions également certaines drogues confiées à Sausan al-Rasi. Voilà pour notre groupe.

Nous quittâmes la Cité de la Paix (Bagdad) le 11 safar de l'an 309 (21 juin 921). Nous nous arrêtâmes un jour à Nahrawan. De là, nous avançâmes rapidement jusqu'à al-Daskara où nous fîmes une halte de trois jours. Puis nous voyageâmes tout droit, sans le moindre détour, jusqu'à Hulwan. Nous y restâmes deux jours. De là, nous nous rendîmes à Qirmisin où nous séjournâmes deux jours. Puis nous repartîmes et allâmes jusqu'à Hamadan où nous séjournâmes trois jours. Puis nous poussâmes jusqu'à Sawa où nous restâmes deux jours. De là, nous nous rendîmes à Rat, où nous nous arrêtâmes onze jours pour attendre Ahmad ibn-Ali, le frère d'al-Rasi, qui était à Hawar al-Ray. Puis nous allâmes à Hawar al-Ray et y passâmes trois jours.

Ce passage donne une idée de la façon dont Ibn Fadlan décrit son voyage. Environ un quart de l'ensemble de son manuscrit est écrit dans ce style : simplement une liste de localités, suivies du nombre de jours passés dans chacune d'elles. J'ai supprimé la majeure partie de ces matériaux.

Apparemment, le groupe d'Ibn Fadlan se dirige vers le nord Finalement, l'hiver les oblige à s'arrêter.

Nous restâmes longtemps à Gurganiya : plusieurs jours du mois de ragad (novembre) et durant tout saban, ramadan et sawwal. Ce séjour prolongé fut dû à l'hiver et à ses rigueurs. En vérité, on me raconta que deux hommes emmenèrent leurs chameaux dans la forêt pour chercher du bois. Ils oublièrent toutefois d'emporter du silex et de l'amadou. Aussi dormirentils sans feu cette nuit-là. Le lendemain, en se levant, ils s'aperçurent que les chameaux avaient gelé.

En vérité, je vis la place du marché et les rues de Gurganiya complètement désertes en raison du froid. On pouvait flâner dans la ville sans rencontrer âme qui vive. Un jour, je sortis de mon bain, entrai dans ma maison et regardai ma barbe : elle s'était transformée en bloc de glace et je dus la dégeler devant le feu. Je passai les jours et les nuits dans une maison, à l'intérieur d'une autre maison dans laquelle on avait dressé une tente turque. J'étais emmitouflé dans de nombreux vêtements et dans des couvertures en peau. Malgré tout cela, mes joues collaient parfois à l'oreiller pendant la nuit.

Dans ce froid extrême, j'ai parfois vu la terre se fissurer et un grand vieil arbre se fendre en deux.

Vers la mi-sawwal de l'an 309 (février 922), le temps commença à changer. La rivière se dégela et nous nous procurâmes les choses nécessaires à notre voyage. Nous achetâmes des chameaux turcs et des barques en peau de chameau en prévision des rivières que nous aurions à traverser au pays des Turcs.

Nous fîmes provision de pain, de millet et de viande salée pour trois mois. Nos connaissances en ville nous conseillèrent au sujet de nos besoins vestimentaires. Elles décrivirent les épreuves qui nous attendaient en termes effrayants. Nous crûmes qu'elles exagéraient, mais quand nous les subîmes, nous les trouvâmes encore plus dures que ce qu'on nous avait prédit.

Chacun de nous mit une veste, puis, par-dessus, un manteau, une touloupe, une burka et un casque de feutre qui ne laissait apparaître que les yeux. Nous portions de simples chausses avec un pantalon par-dessus, des souliers d'intérieur dans une paire de bottes. Quand nous montions sur nos chameaux, nous pouvions à peine bouger à cause de nos habits.

Le docteur en droit, le professeur et les pages qui nous avaient accompagnés depuis Bagdad nous quittèrent alors, ayant peur d'entrer dans ce nouveau pays. Moi-même, l'ambassadeur, son beau-frère et les deux pages Takin et Bars poursuivîmes notre route [1].

La caravane était prête à partir. Nous engageâmes comme guide un habitant de la ville nommé Qlawus. Puis nous remettant entre les mains du Dieu Tout-Puissant et Très-Haut, nous quittâmes Gurganiya le lundi 3 dulqada de l'an 309 (3 mars 922).

Ce même jour, nous nous arrêtâmes dans le bourg de Zamgan, porte du pays des Turcs. Tôt le lendemain matin, nous nous rendîmes à Git. Là, il neigeait tant que les chameaux enfonçaient dans la neige jusqu'aux genoux. Nous fîmes donc halte pendant deux jours.

Ensuite, nous fonçâmes dans le pays des Turcs sans rencontrer âme qui vive dans la steppe plate et aride. Nous chevauchâmes dix jours dans des tempêtes de neige ininterrompues et par un froid si intense que, en comparaison, la température que nous avions connue à Chwarezm paraissait celle d'un jour d'été. Nous en

1. Dans tout son manuscrit, Ibn Fadlan reste très vague au sujet de l'importance et de la composition de son groupe. On ne peut dire avec certitude si cette apparente négligence reflète sa conviction que le lecteur connaît la formation de la caravane ou si des parties du texte se sont perdues. Des conventions sociales peuvent également avoir joué un rôle : Ibn Fadlan ne mentionne jamais plus de quelques individus alors que probablement son groupe devait comprendre une centaine de personnes, ou plus, et deux fois autant de chevaux et de chameaux. Ibn Fadlan ne compte pas les esclaves, les serviteurs et autres membres inférieurs de la caravane.

oubliâmes toutes les incommodités passées et fûmes sur le point d'abandonner.

Un jour, alors que nous subissions le plus glacial des temps, Takin le page chevauchait à côté de moi et, près de lui, l'un des Turcs qui lui parlait en turc. Takin rit et me dit : « Ce Turc dit : " Qu'est-ce que le Seigneur veut donc de nous ? Il nous tue, avec ce froid. Si nous savions ce qu'il désire, nous le lui donnerions. " »

Alors je dis : « Dis-lui que Son unique désir c'est qu'on dise : " Il n'est de Dieu qu'Allah. " »

Le Turc rit et répondit : « Si j'en étais sûr, je le dirais. »

Puis nous atteignîmes une forêt où nous trouvâmes une grande quantité de bois mort. La caravane s'arrêta. Nous fîmes des feux, nous réchauffâmes, nous déshabillâmes et séchâmes nos vêtements.

Il semble que le groupe entre ensuite dans une région plus chaude : Ibn Fadlan, en tout cas, ne parle plus de froid extrême.

Nous reprîmes la route. Nous chevauchions chaque jour depuis minuit jusqu'à l'heure de la prière de l'après-midi, en nous pressant davantage à partir de midi ; puis nous nous arrêtions. Après avoir voyagé ainsi pendant quinze nuits, nous arrivâmes à une grande montagne pleine de gros rochers. Des sources en jaillissent et l'eau forme des mares. De là, nous continuâmes jusqu'à ce que nous rencontrassions une tribu turque appelée les Oguz.

Les usages des Turcs Oguz

Les Oguz sont nomades et vivent dans des maisons de feutre. Ils restent quelque temps à un endroit, puis reprennent la route. Ils placent leurs habitations ici et là, selon la coutume nomade. Bien qu'ils mènent une existence très dure, ils sont pareils à des ânes égarés. Ils n'ont aucun lien religieux avec Dieu. Ils ne prient jamais. En revanche, ils appellent leur chef « seigneur ». Quand l'un d'eux demande conseil à son supérieur, il dit : « Ô seigneur, que dois-je faire dans tel ou tel cas ? »

Toutes leurs actions reposent uniquement sur ce qu'ils ont décidé entre eux. Je les ai entendus dire : « Il n'est de Dieu qu'Allah et Mahomet est son prophète », mais c'était seulement pour se rapprocher des musulmans et non pas parce qu'ils croyaient à ce qu'ils disaient.

Le souverain des Turcs Oguz s'appelle Yabgu. C'est le nom du souverain et quiconque règne sur cette tribu s'appelle ainsi. Son subordonné s'appelle toujours Kudarkin. Ainsi tout subordonné à un chef est un Kudarkin.

Les Oguz ne se lavent pas après avoir déféqué ou uriné, ni ne prennent un bain après avoir éjaculé, ni d'ailleurs en d'autres occasions. Ils ne touchent pas à l'eau, surtout en hiver. Ni marchand ni mahométan ne peut se livrer à des ablutions en leur présence sauf la nuit quand ils ne le voient pas, sinon ils se fâchent et disent : « Cet homme veut nous jeter un sort : il s'immerge dans l'eau », et ils l'obligent à payer une amende.

Aucun mahométan ne peut entrer au pays des Turcs avant qu'un des Oguz n'ait accepté de devenir l'hôte qui le recevra et auquel il apportera des habits du pays de l'islam et, pour son épouse, du poivre, du millet, des raisins secs et des noix. Quand le musulman arrive chez son hôte, celui-ci dresse une tente et lui apporte un mouton pour qu'il l'abatte lui-même. Les Turcs n'abattent jamais leur bétail : ils tapent sur la tête de l'animal jusqu'à ce que celui-ci soit mort.

Les femmes Oguz ne se voilent jamais en présence des hommes de leur tribu ni en présence d'étrangers. Pas plus qu'elles ne couvrent les parties de leur corps en présence de qui que ce soit. Un jour, nous nous arrêtâmes chez un Turc. Il nous invita sous sa tente. Son épouse était avec lui. Alors que nous conversions, la femme découvrit son sexe et se gratta. Nous la vîmes faire. Nous nous voilâmes la face et murmurâmes : « Pardonnez-moi mon Dieu. » Cela fit rire le mari qui dit à l'interprète : « Dis-leur que nous le découvrons en leur présence pour qu'ils puissent le voir et en être embarrassés, mais il est inaccessible. C'est mieux que s'il était couvert et pourtant accessible. »

Les Turcs Oguz ne connaissent pas la demi-mesure. Quiconque est reconnu coupable d'adultère est écartelé. Cela se passe ainsi : on rapproche les branches de deux arbres, on attache le coupable à ces branches, puis on les lâche, de sorte que l'homme est déchiré.

La pédérastie est considérée par les Turcs comme un terrible péché. Un marchand vint un jour demeurer dans le clan du Kudarkin. Il resta chez son hôte un certain temps pour acheter des moutons. Or son hôte avait un fils impubère que l'invité essayait sans cesse de débaucher. Enfin le garçon céda. Sur ces entrefaites, l'hôte turc entra et les surprit en flagrant délit.

Les Turcs voulurent tuer le marchand, et aussi le fils, pour cette offense. Mais après bien des supplications, le marchand put conserver la vie en échange d'une rançon. Il dut donner quatre cents moutons à son hôte. Ensuite, il quitta en hâte le pays.

Tous les Turcs s'épilent les poils de la barbe, à l'exception de la moustache.

Et voici leurs coutumes de mariage : l'un d'eux demande la main d'une femme d'une autre famille pour un certain prix. Celui-ci consiste souvent en chameaux, bêtes de somme et autres biens. Personne ne peut se marier avant d'avoir rempli l'obligation qui a été convenue avec les hommes de la famille. Mais, une fois qu'il l'a remplie, le fiancé arrive sans plus de cérémonie, entre dans l'habitation où se trouve sa future femme et la possède en présence de son père, de sa mère et de ses frères qui ne font rien pour l'en empêcher.

Quand meurt un homme qui a une femme et des enfants, son fils aîné épouse la femme si celle-ci n'est pas sa mère.

Si l'un des Turcs tombe malade et a des esclaves, ce sont ces derniers qui le soignent. Aucun membre de sa famille ne s'approche de lui. On lui dresse une tente à l'écart des maisons où il reste jusqu'à ce qu'il meure ou qu'il guérisse. Toutefois, si c'est un esclave ou un pauvre, les Turcs l'abandonnent dans le désert et poursuivent leur chemin.

Quand un de leurs chefs meurt, ils lui creusent un grand trou en forme de maison, puis ils vont chez lui, lui passent un *qurtaq*, sa ceinture et son arc, et lui mettent une coupe en bois pleine d'une boisson alcoolisée dans la main. Ils prennent tous ses biens et les déposent dans cette maison. Puis ils y descendent également le mort. Au-dessus de lui, ils construisent une autre maison surmontée d'une sorte de dôme en terre.

Ensuite ils tuent ses chevaux. Ils en tuent cent ou deux cents, tous ceux qu'il a, près de sa tombe. Ils en mangent la chair, ne laissant que la tête, les sabots, la peau et la queue qu'ils accrochent à des pieux en disant : « Voici les coursiers sur lesquels il se rend au paradis. »

Si le mort a été un héros et a tué des ennemis, ils sculptent autant de statues de bois qu'il en a occis et les placent sur sa tombe en disant : « Voici les pages qui le serviront au paradis. »

Parfois, ils attendent un ou deux jours pour abattre les chevaux. Alors un de leurs anciens les aiguillonne en disant : « J'ai vu le mort dans mon sommeil. Il m'a dit : " Me voilà. Mes camarades m'ont dépassé et mes pieds sont trop faibles pour les suivre. Comme je n'ai pas pu les rattraper, je suis resté seul. " » Dans ce cas, les gens tuent les montures et les pendent sur la tombe. Un ou deux jours plus tard, le même ancien revient et dit : « J'ai vu le mort en rêve et il m'a dit : " Informe ma famille que je me suis remis de mes épreuves. " »

De cette façon, le vieillard préserve les coutumes des Oguz, car les vivants pourraient être tentés de garder les chevaux du mort [1].

Enfin, nous poursuivîmes notre voyage. Un matin, un Turc vint à notre rencontre. C'était un homme laid, sale, aux manières abjectes et à l'âme basse. « Halte ! » fit-il. Toute la caravane obéit à son ordre. Alors il dit : « Aucun de vous ne passera. » Nous lui répondîmes : « Nous sommes des amis du Kudarkin. » Il se mit à rire et dit : « Le Kudardin ? Qui est-ce ? Je défèque sur sa barbe. »

Aucun de nous ne sut comment réagir, mais ensuite le Turc dit : « *bekend* », ce qui signifie « pain » dans la langue de Chwarezm. Je lui donnai quelques galettes. Il les prit et dit : « Vous pouvez continuer. J'ai pitié de vous. »

Nous arrivâmes dans la région d'un commandant d'armée qui s'appelait Etrek ibn-al-Qatagan. Il nous fit dresser des tentes turques et nous invita à y loger. Lui-même avait grand train de maison, des serviteurs et une vaste demeure. Il nous amena des moutons pour que nous puissions les abattre et mit des chevaux à notre disposition. Les Turcs le considèrent comme leur meilleur cavalier. En vérité, je le vis un jour qu'il faisait la course avec nous sur son cheval et

1. Pour Farzan, un admirateur déclaré d'Ibn Fadlan, ce paragraphe révèle « la sensibilité d'un anthropologue moderne qui non seulement note les coutumes d'un peuple, mais aussi les mécanismes qui ont pour effet de les renforcer. D'un point de vue économique, l'équarrissage est l'équivalent de nos droits de succession actuels, c'est-à-dire qu'il tend à retarder l'accumulation de richesses héritées dans une famille. Bien qu'exigée par la religion, cette pratique devait avoir été assez impopulaire, tout comme la taxe successorale l'est de nos jours. Ibn Fadlan montre d'une façon astucieuse comment on l'imposait aux réticents ».

qu'une oie passa au-dessus de nous : il tendit son arc, puis, dirigeant sa monture sous l'oiseau, tira dessus et l'abattit.

Je lui offris un habit de Merv, une paire de bottes en cuir rouge, un manteau en brocart et cinq en soie. Il accepta ces dons avec des éloges enthousiastes. Il ôta le manteau de brocart qu'il portait pour revêtir les habits d'apparat que je venais de lui donner. Je vis alors que son *qurtaq*, au-dessous, était effiloché et sale, mais, selon leur coutume, personne n'enlève ce vêtement porté près du corps jusqu'à ce qu'il se désintègre. En vérité, il épilait aussi toute sa barbe et même sa moustache, de sorte qu'il ressemblait à un eunuque. Pourtant, d'après ce que j'avais pu voir, c'était leur meilleur cavalier.

Je croyais que ces beaux cadeaux nous gagneraient son amitié, mais il n'en fut rien. C'était un homme perfide.

Un jour, il envoya chercher les chefs qui étaient ses amis : Tarhan, Yanal et Glyz. Tarhan était celui qui avait le plus d'influence. Il était estropié, aveugle et avait une main mutilée. Etrek ibn-al-Qatagan leur dit : « Voici les messagers du roi des Arabes au chef des Bulgares. Je ne veux pas les laisser passer sans vous avoir consultés. »

Alors Tarhan prit la parole : « C'est une affaire inouïe. Jamais encore l'ambassadeur du sultan n'a traversé notre pays depuis que nous et nos ancêtres vivons ici. J'ai l'impression que le sultan essaie de nous jouer un tour. En réalité, il envoie ces hommes chez les Khazars pour les soulever contre nous. Le mieux serait de couper ces ambassadeurs en deux et de prendre tout ce qu'ils ont. »

Un autre conseiller dit : « Non, nous devrions plutôt prendre ce qu'ils ont et les laisser tout nus pour qu'ils retournent d'où ils viennent. »

Un autre dit : « Non. Certains des nôtres sont prisonniers du roi des Khazars. Nous devrions donc lui envoyer ces hommes comme rançon. »

Ils continuèrent à discuter de ces questions pendant sept jours pendant lesquels nous étions dans une situation semblable à la mort. Enfin ils décidèrent de nous ouvrir la route et de nous laisser passer. Comme habits d'honneur nous donnâmes à Tarhan deux caftans de Merv ainsi que du poivre, du millet et quelques galettes.

Puis nous poursuivîmes notre voyage jusqu'à la rivière Bagindi. Là, nous sortîmes nos bateaux faits en peau de chameau, les chargeâmes avec les biens entassés sur les chameaux turcs. Une fois chaque embarcation remplie, un groupe de cinq, six ou quatre hommes s'asseyait dedans. Ils prenaient des branches de bouleau et s'en servaient comme avirons. Ils pagayaient tandis que l'eau entraînait la barque et la faisait tourner. Finalement, nous atteignîmes l'autre rive. Les chevaux et les chameaux traversèrent à la nage.

Quand on franchit une rivière, il est indispensable d'amener d'abord un groupe de guerriers armés de l'autre côté afin d'empêcher les Bachkirs d'attaquer pendant que le gros de la caravane traverse le cours d'eau.

C'est donc de cette façon que nous franchîmes la rivière Bagindi, puis la rivière appelée Gam. Puis l'Odil, l'Adrn, le Wars, l'Ahti et le Wbna. Toutes sont grandes.

Puis nous arrivâmes chez les Pecenegs. Ceux-ci campaient près d'un lac tranquille qui ressemblait à la mer. Ils ont le teint brun foncé et sont très forts. Les hommes se rasent la barbe. Ils sont pauvres, par contraste avec les Oguz qui, parfois, possèdent dix mille chevaux et cent mille moutons. Mais les Pecenegs sont pauvres et nous ne restâmes qu'un jour avec eux.

Puis nous repartîmes et atteignîmes la rivière appelée Gayih. C'est le plus grand, le plus large et le plus rapide des cours d'eau que nous rencontrâmes. En vérité, je vis une barque en peau se retourner dans les flots et tous ses occupants se noyer. Beaucoup de membres de la caravane y périrent ainsi qu'un grand nombre de chameaux et de chevaux. Nous franchîmes cette rivière avec difficulté. Puis nous continuâmes pendant quelques jours et traversâmes la Gha, l'Azhn, le Bagag, le Smur, le Knal, le Suh et le Kiglu. Enfin nous arrivâmes au pays des Bachkirs.

Le manuscrit de Yakus contient un bref récit du séjour d'Ibn Fadlan chez les Bachkirs. Beaucoup d'érudits doutent de l'authenticité de ce passage. Les descriptions sont extraordinairement vagues et ennuyeuses. Elles consistent principalement en des listes de chefs et nobles rencontrés. Ibn Fadlan déclare que les Bachkirs sont inintéressants, commentaire qui étonne chez ce voyageur à l'insatiable curiosité.

Enfin, nous quittâmes le pays des Bachkirs et traversâmes la Germsan, l'Unr, l'Urm, la Wtig, la Nbsanh et la Gawsin. Entre les rivières mentionnées, il y a, selon le cas, deux, trois ou quatre jours de voyage.

Puis nous arrivâmes au pays des Bulgares qui commence aux rives de la Volga.

Premier contact avec les hommes du Nord

De mes propres yeux, j'ai vu les Normands [1] arriver avec leurs marchandises et dresser leur camp au bord de la Volga. Jamais je n'ai vu de pareils géants : ils sont hauts comme des palmiers et ont le teint vermeil. Au lieu de camisoles ou de caftans, ils portent un vêtement en drap grossier rejeté sur le côté pour dégager une main.

Tout Normand porte une hache, un poignard et une épée. On ne les voit jamais sans ces armes. Leurs épées sont larges, parcourues de lignes sinueuses, et de fabrication franque. Du bout des ongles jusqu'au cou, ils sont tatoués d'images d'arbres, d'êtres vivants ou d'autres représentations.

Sur leurs seins, les femmes portent un petit étui de fer, de cuivre, d'argent ou d'or selon la fortune et les ressources de leurs maris. Avec chaque étui, il y a un

1. En fait, dans ce passage, Ibn Fadlan les appelle des « Rous », du nom d'une tribu nordique. Dans le texte, il appelle parfois les Scandinaves par le nom de leur tribu, parfois il utilise aussi le mot « Varangiens » comme terme générique. De nos jours, les historiens réservent ce nom aux mercenaires scandinaves employés par l'Empire byzantin. Pour éviter toute confusion, c'est le terme « Normands » qui a été utilisé dans cette traduction.

anneau et un poignard, aussi fixés à la poitrine. Autour du cou, elles portent des chaînes d'or et d'argent.

C'est la race la plus sale que Dieu ait jamais créée. Pas plus que s'ils étaient des ânes sauvages, ils ne s'essuient après avoir été à la selle ou ne se lavent après une pollution nocturne.

Ils viennent de leur pays, ancrent leurs navires sur la Volga, qui est un grand fleuve, et construisent de vastes maisons en bois sur les rives. Dans chacune d'elles, ils vivent à dix ou vingt, parfois plus, parfois moins. Chaque homme a un lit de repos sur lequel il prend place avec les belles filles qu'il veut vendre. Il n'est pas rare qu'il en possède une sous les yeux d'un ami. Parfois, plusieurs d'entre eux se livrent à cette occupation en même temps, sous les yeux les uns des autres.

Il arrive qu'un marchand se rende dans une de ces maisons pour acheter une fille et trouve celle-ci accouplée à son maître : il devra alors attendre que l'autre ait satisfait son désir. Tout le monde juge cela parfaitement normal.

Tous les matins, un esclave apporte un baquet d'eau et le place devant son maître. Celui-ci commence alors à se laver la figure et les mains, puis les cheveux, qu'il peigne au-dessus du récipient. Là-dessus, il se mouche et crache dans le baquet, et, ne voulant laisser traîner aucune saleté, livre le tout à l'eau. Quand il a terminé, la fille porte le baquet à l'homme suivant, qui fait la même chose. Elle continue à porter le baquet de l'un à l'autre jusqu'à ce que chacun des habitants de la maison s'y soit mouché, ait craché dedans et s'y soit lavé la figure et les cheveux.

Ceci est une pratique courante chez les Normands, comme je l'ai vu de mes propres yeux. Mais, à l'époque de notre arrivée, il régnait un certain mécontentement chez ces géants.

Voici pourquoi : leur chef principal, un homme nommé Wyglif, était tombé malade. On l'avait installé dans une tente, à quelque distance du camp, avec de l'eau et du pain. Personne ne s'approchait de lui, ne lui parlait ou ne lui rendait visite. Aucun esclave ne le nourrissait car les Normands croient qu'un homme doit guérir de n'importe quelle maladie selon sa force. Beaucoup d'entre eux pensaient que Wyglif ne reviendrait jamais parmi eux dans le camp, qu'il mourrait.

Or, l'un d'entre eux, un jeune noble nommé Buliwyf, avait été choisi pour devenir le nouveau chef, mais il ne pouvait être accepté tant que le chef malade était encore vivant. Telle était donc la cause du malaise au moment de notre arrivée. Pourtant, ces gens qui campaient sur la Volga ne montraient ni pleurs ni signes de tristesse.

Les Normands attachent beaucoup d'importance aux devoirs de l'hôte. Ils accueillent tout visiteur avec chaleur et libéralité, beaucoup de nourriture et de vêtements. En fait, les nobles rivalisent pour obtenir l'honneur d'avoir donné la meilleure hospitalité. Notre caravane fut amenée chez Buliwyf où une grande fête fut offerte en notre honneur. Buliwyf la présida en personne. C'était un homme grand et fort. Sa peau, sa barbe et ses cheveux étaient très blancs. Il avait l'allure d'un chef.

Comprenant l'honneur qu'on lui faisait, notre groupe mangea avec ostentation. Pourtant la nourriture était infecte et beaucoup de convives s'amusaient à se jeter des aliments ou de la boisson avec de grands éclats de rire. Au milieu de ce banquet grossier, il n'était pas rare de voir un noble folâtrer avec une esclave devant tous ses compagnons.

À ce spectacle, je me détournai et murmurai : « Pardonnez-moi, mon Dieu. » Ma confusion fit beaucoup rire les Normands. L'un d'eux me traduisit qu'ils croyaient que Dieu approuvait ces sortes de plaisirs pris en public. Il me dit : « Vous autres, les Arabes, vous êtes comme des vieilles femmes : vous tremblez à la vue de la vie. »

Je répondis : « Je suis votre invité. Allah me mènera à la vertu. »

Cela les fit rire encore plus, mais j'ignore ce qu'ils pouvaient trouver de drôle à mes paroles.

Les Normands ont coutume de révérer la vie guerrière. En vérité, ces géants se battent continuellement. Ils ne sont jamais en paix, ni les uns avec les autres, ni entre les différentes tribus. Ils chantent leurs exploits et leur courage, et croient que la mort est l'honneur suprême pour un guerrier.

Au banquet de Buliwyf, l'un des hommes chanta une chanson de bravoure et de bataille qui fut fort appréciée, bien que peu écoutée. Les boissons fortes qu'ils prennent transforment bientôt les Normands en animaux et en ânes errants. Au milieu de la chanson, des convives s'accouplèrent et deux guerriers engagèrent un combat mortel à propos de quelque querelle d'ivrognes. Le barde ne cessa de chanter pendant tous ces événements. En vérité, je vis du sang lui gicler au visage, mais il se contenta de l'essuyer sans s'interrompre.

Cela m'impressionna fort.

Alors Buliwyf, qui était aussi ivre que les autres, m'ordonna de leur chanter une chanson, et cela avec la plus grande insistance. Ne voulant pas le fâcher, je récitai des versets du Coran que l'interprète répétait ensuite dans leur langue. Je ne fus pas mieux écouté que leur ménestrel et, quand j'eus terminé, je demandai pardon à Allah pour la manière dont on avait traité Ses saintes paroles et aussi pour leur traduction [1] qui, je le craignais, avait été irrespectueuse, l'interprète étant ivre aussi.

Cela faisait deux jours que nous étions chez les hommes du Nord et nous projetions de partir le lendemain matin, quand l'interprète nous annonça que Wyglif était mort. Je voulus voir la suite des événements.

D'abord, ils couchèrent le chef dans sa tombe, au-dessus de laquelle ils érigèrent un toit, pour une période de dix jours [2], le temps de couper et de coudre ses vêtements. Ils rassemblèrent aussi tous ses biens et les divisèrent en trois parts : un tiers pour la famille, un tiers pour la confection des vêtements, un tiers pour

---

1. Les Arabes n'ont jamais aimé traduire le Coran. Les premiers cheiks décrétèrent que le livre sacré était intraduisible, opinion qui devait reposer sur des considérations religieuses. Toute personne qui en a tenté la traduction l'approuve, mais cela pour des raisons tout à fait laïques : de nature, l'arabe est une langue très concise. Composé comme un poème, le Coran est donc encore plus concentré. La difficulté d'en rendre le sens littéral – sans même parler de la grâce et de l'élégance de l'original arabe – a conduit les traducteurs à écrire des préfaces pleines d'interminables et pitoyables excuses au lecteur.

Mais l'islam est en même temps un mode de pensée actif, expansif, qui, au xe siècle, se trouvait à l'apogée de sa propagation. Cette expansion créa nécessairement un besoin de traductions pour les néophytes, traductions qui furent faites, mais jamais avec bonheur, du point de vue des Arabes.

2. Rien que ce fait devait déjà étonner un observateur arabe venu d'un climat chaud. La religion musulmane exige un enterrement rapide, souvent le jour même de la mort, après une brève cérémonie de purification rituelle et de prière.

l'achat d'alcool en prévision du jour où une fille se résignerait à mourir et à être brûlée avec son maître.

Les Normands s'adonnent avec excès à la boisson, buvant jour et nuit, comme je l'ai déjà dit. Il n'est pas rare de voir l'un d'eux mourir une coupe à la main.

La famille de Wyglif demanda aux servantes et aux serviteurs du défunt : « Qui de vous veut mourir avec lui ? » Alors l'une des esclaves répondit : « Moi ». À partir de cet instant, elle cessa d'être libre ; même si elle avait voulu revenir sur sa décision, on ne le lui aurait pas permis.

La jeune fille qui avait ainsi parlé fut alors confiée à deux autres esclaves qui avaient pour tâche de la surveiller, de l'accompagner partout et même de lui laver parfois les pieds. Alors on s'occupa du mort : on lui tailla ses habits et on fit tous les autres préparatifs nécessaires. Pendant ce temps, la serve buvait et chantait ; elle était gaie et pleine d'entrain.

Buliwyf, le noble destiné à devenir roi ou chef, avait toutefois trouvé un rival en la personne d'un nommé Thorkel. Lui, je ne le connaissais pas, mais il était laid et sale, un homme brun dans une race blonde au teint clair et coloré. Il complotait pour devenir chef lui-même. Tout cela, je l'appris de l'interprète car, dans les apprêts des funérailles, rien n'indiquait qu'il se passait quoi que ce fût d'inaccoutumé.

Buliwyf ne dirigeait pas les préparatifs en personne car il n'était pas de la famille de Wyglif : il est en effet de règle que ce soit la famille qui s'en occupe. Buliwyf participa aux réjouissances générales et ne se comporta nullement en roi, sauf pendant les banquets nocturnes où il s'asseyait sur le siège réservé au chef.

Il s'y asseyait de la façon suivante : quand un Normand est vraiment roi, il préside à l'extrémité de la table dans un grand fauteuil de pierre muni de bras. Tel était le siège de Wyglif, mais Buliwyf ne s'y asseyait pas normalement. Il s'asseyait sur l'un des bras, position d'où il tombait quand il buvait trop ou riait avec excès. Selon la coutume, il ne pouvait occuper le fauteuil tant que Wyglif n'était pas enseveli.

Pendant ce temps, Thorkel complotait et conférait avec les autres nobles. J'appris par hasard qu'il me soupçonnait d'être un sorcier, ce qui m'inquiéta fort. L'interprète, qui ne croyait pas à ces histoires, me dit que Thorkel m'accusait d'être la cause de la mort de Wyglif et du choix de Buliwyf comme prochain chef. Or, en vérité, je n'étais pour rien dans tout cela.

Quelques jours plus tard, j'essayai de partir avec mes compagnons de voyage ibn-Bastu, Takin et Bars, mais les Normands nous en empêchèrent. Ils dirent que nous devions assister aux funérailles et nous menacèrent avec les poignards qu'ils portent toujours sur eux. Nous restâmes donc.

Quand vint le jour où Wyglif et la jeune esclave devaient être livrés aux flammes, le bateau du chef fut tiré au sec, sur la rive du fleuve. On l'entoura de quatre tronçons de bois de bouleau et aussi de grandes statues en bois à forme humaine.

Les hommes se mirent à aller et venir en prononçant des paroles que je ne saisissais pas. La langue nordique est désagréable à l'oreille et difficile à comprendre. Le chef défunt gisait près de là ; on ne l'avait pas encore sorti de sa tombe. Les hommes apportèrent un lit qu'ils placèrent sur le navire et couvrirent de brocart grec et d'oreillers du même tissu.

Puis arriva une vieille femme qu'ils appelaient l'ange de la mort. Elle disposa les objets personnels du mort sur le lit funèbre. C'était elle qui s'occupait de la confection des vêtements et de la réunion de tous les accessoires. C'était elle, également, qui devait tuer la fille. Je vis cette vieille de mes propres yeux. Elle était noiraude, trapue, et avait un air sombre.

Quand ils arrivèrent à la tombe, les hommes ôtèrent le toit et sortirent le mort. Je remarquai que celui-ci était devenu tout noir en raison du froid qui règne dans ce pays. Près de lui, ils avaient placé de l'alcool, des fruits et un luth, qu'ils sortirent aussi. À part sa couleur, Wyglif n'avait pas changé.

Puis je vis Buliwyf et Thorkel, debout côte à côte, se faire de grandes démonstrations d'amitié pendant la cérémonie funèbre, mais il était clair que leur attitude manquait de sincérité.

Le roi mort fut alors revêtu d'un pantalon, de jambières, de bottes et d'un caftan en soie brochée d'or ; on le coiffa d'un bonnet de soie bordé de zibeline. Puis les hommes le portèrent sous une tente, installée sur le bateau. Là, ils l'assirent sur la couche capitonnée et le calèrent avec des oreillers. Ils placèrent de l'alcool, des fruits et du basilic près de lui.

Ensuite, ils apportèrent un chien qu'ils coupèrent en deux et jetèrent dans le bateau. Ils posèrent toutes les armes du mort à côté de lui. Ils amenèrent deux chevaux qu'ils firent galoper jusqu'à ce qu'ils ruissellent de sueur. À ce moment-là, Buliwyf tua l'un avec son épée et Thorkel, l'autre. Ils dépecèrent les animaux et en lancèrent les quartiers dans le navire. Buliwyf tua son cheval plus lentement, fait qui parut avoir de l'importance pour ceux qui l'observaient, mais dont la signification m'échappa.

Ils amenèrent deux bœufs qu'ils tuèrent également, dépecèrent et lancèrent dans le bateau. Enfin, ils apportèrent un coq et une poule, les tuèrent et les joignirent au reste.

Pendant ce temps, l'esclave qui s'était vouée à la mort allait d'une tente à l'autre et, dans chacune d'elles, se donnait à son occupant. Celui-ci déclarait : « Dis à ton maître que je n'ai fait cela que par amour pour lui. »

L'après-midi était déjà avancé. Les Normands conduisirent la fille vers un objet qu'ils avaient construit et qui ressemblait à un chambranle de porte. Elle mit ses pieds sur les mains tendues des hommes qui la soulevèrent au-dessus du bâti. Elle dit quelque chose dans sa langue et ils la reposèrent par terre. Ils la soulevèrent de nouveau, comme avant. Une fois encore ils la posèrent et la soulevèrent. Ils lui tendirent une poule dont elle coupa la tête puis la jeta.

Je demandai à l'interprète ce que tout cela signifiait. Il répondit : « La première fois, elle a dit : " Voyez, je vois mon père et ma mère " ; la deuxième fois : " Voyez, je vois tous mes parents morts assis " ; la troisième : " Et voici que j'aperçois mon maître assis au paradis. Tout y est si beau, si vert ! Mon maître est en compagnie de ses hommes et de ses serviteurs. Il m'appelle, menez-moi donc à lui. " »

Alors, ils l'escortèrent à la nef. Là, elle ôta ses deux bracelets qu'elle donna à la vieille femme, appelée l'ange de la mort, chargée de l'assassiner. Elle enleva aussi ses anneaux de cheville et les remit à ses deux servantes qui étaient les filles de l'ange de la mort. Puis les hommes la hissèrent sur le bateau, mais sans la laisser encore entrer sous la tente.

Des guerriers montèrent à leur tour avec des boucliers et des bâtons. Ils tendirent une coupe d'alcool à la fille. Celle-ci la prit, chanta en la tenant à la main, puis la vida. L'interprète me traduisit ses paroles : « Ceci pour prendre congé de ceux qui me sont chers. » Puis on lui tendit une autre coupe. Elle l'accepta aussi et commença à chanter une longue mélopée. La vieille l'exhorta à boire sans tarder et à rejoindre son maître.

À ce point-là, la fille me parut complètement hébétée. Elle semblait vouloir se diriger vers la tente quand la vieille la saisit par la tête et la traîna à l'intérieur. Alors, les hommes se mirent à taper sur leurs boucliers avec leurs bâtons afin de couvrir ses cris qui auraient pu effrayer les autres femmes et les dissuader désormais de mourir avec leurs maîtres.

Six hommes la suivirent sous la tente et chacun d'eux s'unit à elle charnellement. Puis ils l'étendirent à côté du mort. Deux hommes lui tinrent les pieds, deux autres, les mains. La vieille femme appelée l'ange de la mort lui passa autour du cou un lacet aux extrémités nouées qu'elle tendit à deux hommes pour qu'ils tirent dessus. Avec un poignard à large lame, elle frappa ensuite l'esclave entre les côtes. Quand elle retira l'arme, les deux hommes étranglèrent la fille avec le lacet jusqu'à ce qu'elle meure.

Alors les membres de la famille du défunt Wyglif s'approchèrent. Prenant un morceau de bois enflammé, ils marchèrent, nus et à reculons, vers le bateau auquel ils mirent le feu sans le regarder. Le bûcher funèbre s'embrasa bientôt. Le navire, la tente, l'homme, l'esclave et tout ce qu'il y avait à bord se transformèrent en un tourbillon de flammes.

À mes côtés l'un des Normands fit une remarque à l'interprète. Je demandai à celui-ci ce que l'autre lui avait dit. Il répondit : « Vous, les Arabes, vous devez être un peuple stupide. Vous prenez l'homme que vous aimez et vénérez le plus, et vous le jetez dans un trou dans la terre où il sera dévoré par des bêtes rampantes et par des vers. Nous, par contre, nous le brûlons en un tournemain, de sorte qu'il entre instantanément et sans délai au paradis. »

Et, en vérité, une heure ne s'était pas écoulée que le bateau, le bois, la jeune fille et le mort étaient réduits en cendres.

Les conséquences des funérailles

Pour les Scandinaves, la mort d'un homme n'est pas cause de chagrin. Celle d'un pauvre ou d'un esclave leur est indifférente et même celle d'un chef ne provoquera ni tristesse ni larmes. Le soir même des funérailles du chef appelé Wyglif, il y eut un grand banquet dans les salles du camp normand.

Pourtant je remarquai que quelque chose n'allait pas chez ces barbares. Je consultai mon interprète. Il répondit ainsi : « Thorkel veut vous faire mourir, puis bannir Buliwyf. Il s'est assuré l'appui d'un certain nombre de nobles, mais la discorde règne dans chaque foyer et chaque quartier. »

Très inquiet, je dis : « Je n'ai rien à voir avec tout cela. Que dois-je faire ? »

L'interprète me conseilla de fuir si je le pouvais ; toutefois, si l'on me rattrapait, on me traiterait comme un voleur. Or voici comment est traité un voleur : les Normands le mènent à un gros arbre, nouent une corde solide autour de lui, l'accrochent à une branche et le laissent pendre là jusqu'à ce qu'il pourrisse sous l'effet du vent et de la pluie.

Me rappelant aussi que j'avais de justesse échappé à la mort des mains d'ibn-al-Qatagan, je décidai d'agir comme la première fois : rester chez les Normands jusqu'à ce qu'ils m'accordassent l'autorisation de poursuivre mon voyage.

Je demandai à l'interprète si je devais porter des présents à Buliwyf, et aussi à Thorkel, pour faciliter mon départ. Il répondit que je ne pouvais pas en donner aux deux. On ne savait pas encore qui serait le nouveau chef, mais l'affaire serait réglée dans un jour et une nuit au plus tard.

Les Normands, en effet, n'ont pas de règle établie pour choisir un nouveau chef quand l'ancien est mort. La force des armes compte pour beaucoup, mais aussi les allégeances des guerriers et des nobles. Parfois, il n'y a pas de successeur évident, comme dans le cas présent. Mon interprète me conseilla de patienter et aussi de prier. Ce que je fis.

Puis il y eut une grande tempête sur les rives de la Volga, une tempête qui dura deux jours, avec une pluie battante et des vents violents. Ensuite, un brouillard froid recouvrit le sol. Il était blanc, épais, et l'on n'y voyait pas à plus de douze pas.

Or, ces mêmes guerriers géants nordiques qui en vertu de leur taille, de la force de leurs armes et de la cruauté de leur disposition ne devraient rien avoir à craindre au monde ont peur de la brume ou du brouillard qui accompagne les tempêtes.

Les hommes de leur race ont quelque mal à dissimuler leur inquiétude, même les uns aux autres ; ils rient et plaisantent exagérément et affichent une insouciance immodérée. Ce faisant, ils prouvent le contraire. En vérité, leurs efforts pour cacher leur inquiétude sont puérils, tant il est évident qu'ils feignent de ne pas voir la réalité. Or, en fait, dans le camp, tous prient et sacrifient des poules et des coqs. Quand on demande à l'un d'eux la raison de ce sacrifice, il répond : « Je le fais pour la sécurité de ma famille qui est au loin », ou bien : « Je le fais pour la prospérité de mon commerce » ; ou bien : « Je le fais pour honorer tel ou tel membre défunt de ma famille », ou bien il invoque toute autre raison, mais il ajoute toujours : « Et aussi pour que se lève le brouillard. »

Or, je trouvais étrange qu'un peuple si fort et si guerrier puisse avoir peur d'une chose au point de nier cette peur. Et, de toutes les raisons sensées d'avoir peur, la brume ou le brouillard ne m'en paraissaient pas une.

Je dis à mon interprète qu'un homme pouvait redouter le vent, des tempêtes de sable, des inondations, un soulèvement de terrain ou la foudre et le tonnerre dans le ciel car tous ces phénomènes risquaient de le blesser, de le tuer ou de détruire sa demeure. Mais la brume, ou le brouillard, dis-je, ne présentaient aucun danger. En fait, c'étaient les moins redoutables de toutes les formes d'éléments changeants.

L'interprète me répondit que je ne pensais pas comme un marin. Beaucoup de navigateurs arabes, assura-t-il, partageaient le malaise [1] que les hommes du Nord éprouvent quand le brouillard les enveloppe. De plus, ajouta-t-il, tous les marins craignent la brume ou le brouillard parce qu'ils rendent les voyages en mer plus périlleux.

---

1. Il est intéressant de noter qu'en arabe comme en latin le mot utilisé est « malaise » pris dans son sens littéral.

J'admis que c'était compréhensible. Toutefois, le brouillard recouvrait la terre et non l'eau, ajoutai-je, je ne voyais là aucun motif de frayeur. À cela l'interprète répondit : « Le brouillard effraie toujours quand il vient. » Qu'il s'étendît sur la terre ou sur la mer, pour les Normands, c'était pareil.

Puis il me dit qu'en fait les hommes du Nord ne redoutaient pas vraiment le brouillard. Que lui, en tant qu'homme, n'en avait pas peur. Que c'était une affaire mineure, sans grande conséquence. Il dit : « C'est comme une légère douleur articulaire que peut entraîner le brouillard, sans plus. »

Ces paroles me firent comprendre que mon interprète niait comme les autres toute inquiétude au sujet du brouillard et feignait l'indifférence.

Or, voici ce qui se passa : le brouillard ne se leva pas, bien qu'il s'éclaircît dans l'après-midi. Pareil à un cercle, le soleil apparut dans le ciel, mais il était si faible que je pus regarder directement sa lumière.

Ce même jour un navire nordique arriva, ayant à son bord un noble de leur race. C'était un jeune homme à la barbe peu fournie. Il ne voyageait qu'avec un petit groupe de pages et d'esclaves, sans femmes. J'en conclus que ce n'était pas un marchand, car, dans cette région, les Normands se livrent principalement au commerce des femmes.

Ce même visiteur échoua son bateau et resta debout près de l'embarcation jusqu'à la tombée de la nuit. Aucun homme ne s'approcha de lui ni ne le salua, bien qu'il fût un étranger et parfaitement visible. Mon interprète dit : « C'est un parent de Buliwyf. Il sera reçu au banquet de cette nuit. »

Je dis : « Pourquoi demeure-t-il près de son bateau ?

– À cause du brouillard, répondit l'interprète. Selon la coutume, il doit rester debout bien en vue pendant plusieurs heures pour que tous puissent le voir et être sûrs qu'il n'est pas un ennemi venant du brouillard. »

Cela, l'interprète me le confia avec beaucoup de réticence. Au banquet de la nuit, je vis le jeune homme pénétrer dans la salle. On l'accueillit chaleureusement, avec de grandes démonstrations de surprise, surtout Buliwyf qui agit comme si son parent venait d'arriver et n'était pas resté debout pendant plusieurs heures près de son bateau. Après de nombreuses salutations, le jeune homme prononça un discours passionné auquel Buliwyf prêta une attention inaccoutumée : au lieu de boire et de folâtrer avec les filles esclaves, il écouta son invité en silence. Celui-ci parlait d'une voix aiguë qui parfois se cassait. À la fin de son récit, il parut au bord des larmes. On lui donna une coupe de vin.

Je demandai à mon interprète ce qu'il avait dit. Voici sa réponse : « C'est Wulfgar, le fils de Rothgar, un puissant roi du Nord. Il voudrait que Buliwyf, son parent, lui accorde son aide et son appui pour accomplir une mission héroïque. Le pays lointain est en proie à une terreur sans nom à laquelle personne n'a été capable de s'opposer ; il supplie Buliwyf d'y retourner en hâte pour sauver son peuple et le royaume de son père, Rothgar. »

Je demandai à l'interprète quelle était la nature de cette terreur. Il répondit : « Elle n'a pas de nom que je puisse dire. » Les paroles de Wulfgar semblaient l'avoir bouleversé, tout comme un grand nombre de Normands dans l'assemblée. Sur la figure de Buliwyf, je vis une expression sombre et préoccupée. Je demandai à l'interprète des détails sur le danger.

Il répondit : « Je ne peux vous en dire le nom. Il est défendu de le prononcer de crainte d'évoquer les démons [1]. »

Je vis alors que le simple fait de penser à ces choses le remplissait de terreur. Il était si pâle que je cessai de le questionner.

Assis sur son haut trône de pierre, Buliwyf se taisait. Et, en vérité, tout le monde – nobles, esclaves et serviteurs – se taisait aussi. On n'entendait pas un murmure dans la salle. Wulfgar, le messager, se tenait devant les convives, la tête baissée. Jamais encore je n'avais vu les joyeux et turbulents Normands aussi déprimés.

Puis la vieille femme appelée l'ange de la mort entra dans la salle et s'assit à côté de Buliwyf. D'un sac en peau, elle sortit quelques os – d'homme ou d'animal, je ne saurais le dire – et les jeta sur le sol. Marmonnant quelques paroles, elle passa la main au-dessus d'eux.

Ensuite, elle les ramassa, les jeta de nouveau et recommença le cérémonial avec plus d'incantations

---

1. Cette phrase montre les périls de la traduction. Dans l'original arabe de Yakut, on lit : لا منبى كتبة ان اجد ز انكثم , ce qui signifie littéralement : « Il n'y a pas de nom que je puisse prononcer. » Le manuscrit de Kymos emploie le verbe latin *dare* avec le sens « je ne peux pas lui donner de nom », ce qui implique que l'interprète n'en connaît pas le nom exact dans une langue autre que le norois. Le manuscrit de Razi, qui contient également la réponse complète de l'interprète, utilise le mot *edere*, dans le sens : « Il n'y a pas de nom que je puisse vous révéler. » C'est la traduction la plus correcte. Le Scandinave a peur de dire le nom de crainte d'évoquer les démons. En latin, en plus de son sens littéral de « proférer », *edere* signifie « donner naissance » et « évoquer ». Les paragraphes suivants confirment ce sens.

encore. Elle les jeta une troisième fois, puis, finalement, elle parla à Buliwyf.

Je demandai à l'interprète de me traduire ce qu'elle disait, mais mon homme ne m'écouta pas.

Buliwyf se mit debout et leva sa coupe d'alcool. S'adressant à l'assemblée de nobles et de guerriers, il fit un discours assez long. L'un après l'autre, plusieurs guerriers se dressèrent à leur place, tournés vers leur chef. Ils ne se dressèrent pas tous – je n'en comptai que onze – mais Buliwyf s'estima satisfait.

Je remarquai aussi que Thorkel paraissait se réjouir de cette affaire et adoptait une attitude plus royale. Buliwyf, lui, ne lui prêtait aucune attention. Il ne lui manifestait ni haine, ni même le moindre intérêt, bien qu'ils eussent été ennemis quelques minutes plus tôt.

Puis l'ange de la mort, cette même vieille, me désigna du doigt et prononça quelques paroles avant de sortir. Alors mon interprète parla enfin. Il dit : « Buliwyf est appelé par les dieux à quitter rapidement cet endroit, à abandonner derrière lui toutes ses occupations et tous ses soucis pour agir en héros et repousser la menace qui vient du Nord. C'est ce qu'il est convenable pour lui de faire. Il doit emmener onze guerriers. Et il doit t'emmener toi aussi. »

Je dis que j'étais chargé d'une mission chez les Bulgares et que je devais suivre sans délai les instructions de mon calife.

« L'ange de la mort a parlé, répliqua mon interprète. La troupe de Buliwyf doit compter treize hommes, dont un étranger. Tu seras donc ce treizième. »

Je protestai en disant que je n'étais pas un guerrier. En vérité, je présentai toutes les excuses et toutes les prières qui, selon moi, pourraient toucher cette assemblée de rustres. J'exigeai que l'interprète transmît mes paroles à Buliwyf, mais il se tourna et quitta la salle sur ces derniers mots : « Prépare-toi de ton mieux. Tu partiras demain à l'aube ».

Le voyage au pays lointain

C'est ainsi que je fus empêché de continuer mon voyage au royaume de Yiltawar, le roi des Saqalibas, et d'accomplir la mission dont m'avait chargé al-Muqtadir, le Commandeur des croyants et calife de la Cité de la Paix. Je donnai autant d'instructions que je pus à Dadir al-Hurami et aussi à l'ambassadeur Abdallah ibn-Bsatu al-Hazari et aussi aux pages Takin et Bars. Puis je pris congé d'eux. Ce qu'il est advenu d'eux, je ne l'ai jamais su.

Pour ma part, je me considérais peu ou prou comme un homme mort. J'étais à bord d'un navire nordique et remontais la Volga avec douze autres hommes. Ils s'appelaient ainsi : Buliwyf, le chef; son lieutenant ou capitaine Ecthgow; les nobles Higlak, Skeld, Weath, Roneth, Halga; ses guerriers et braves combattants Helfdane, Edgtho, Rethel, Haltaf et Herger [1].

1. Wulfgar était resté. Jensen affirme que les Normands avaient coutume de retenir un messager en otage. « Les messagers choisis étaient des fils de roi, des nobles de haut rang ou d'autres personnes présentant de la valeur pour leur communauté, ce qui en faisait des otages appropriés. » Pour Olaf Jorgensen, par contre, Wulfgar ne partit pas avec les autres parce qu'il avait peur de rentrer dans son pays.

Et moi j'étais avec eux, incapable de parler leur langue ou de comprendre leur façon d'agir car mon interprète n'était pas venu avec nous. C'est seulement par le plus grand des hasards et par la grâce d'Allah que l'un des guerriers, Herger, se trouvait être un homme de talent qui savait un peu de latin. Avec son aide, je pus donc saisir la signification des événements qui survinrent. Herger était un jeune guerrier très gai. Il semblait trouver matière à rire en toute chose et particulièrement dans l'abattement où me jetait notre départ.

D'après leurs propres dires, les Normands sont les meilleurs marins du monde ; je constatai qu'ils portaient en effet un grand amour à la mer et à l'eau. Du navire, je dirai ceci : il avait vingt-cinq pas de long et un peu plus de huit de large. Excellemment construit en bois de chêne, il était noir d'un bout à l'autre. Il était pourvu d'une voile carrée qu'on orientait avec des cordes en peau de phoque. Le timonier se tenait sur une petite plate-forme près de la poupe et manœuvrait un gouvernail fixé au flanc du vaisseau, à la manière romaine. Il y avait des bancs pour des rameurs, mais nous ne ramions jamais : nous avancions uniquement à la voile. À la proue se trouvait une sculpture en bois représentant un de ces féroces monstres marins qu'on voit parfois sur les vaisseaux nordiques. Il y avait aussi une queue à la poupe. Sur l'eau, le bateau était stable ; nous voyagions agréablement. En outre, la confiance des guerriers me remontait le moral.

Près de la barre se dressait un lit : des fourrures étendues sur un entrelacement de cordes recouvert de peau. C'était la couche de Buliwyf. Les autres guerriers dormaient ici et là sur le pont, enveloppés dans des fourrures ; je faisais de même.

Nous naviguâmes sur le fleuve pendant trois jours, dépassant plusieurs petits villages au bord de l'eau, mais ne nous arrêtant dans aucun d'entre eux. Puis, à un coude de la Volga, nous vîmes un vaste camp. Il y avait là plusieurs centaines d'habitants et une ville assez grande au centre de laquelle se dressait un kremlin, ou forteresse, aux murs de terre, le tout de dimension impressionnante. Je demandai à Herger le nom de cet endroit.

Il me dit : « C'est la ville de Bulgar, du royaume des Saqalibas. Et voilà le kremlin du Yiltawar, le roi des Saqalibas. »

Je répondis : « C'est précisément le roi auprès duquel le calife m'a envoyé comme émissaire. » Avec maintes supplications, je demandai que l'on me débarquât pour me permettre d'accomplir ma mission. J'allai même jusqu'à exiger et à manifester de la colère dans la mesure où je l'osai.

En vérité, les Normands ne me prêtèrent aucune attention. Herger refusa de répondre à mes prières comme à mes exigences. Finalement, il me rit au nez et s'occupa de la navigation du bateau. C'est ainsi que le vaisseau des hommes du Nord passa devant Bulgar, si près que je pouvais entendre crier les marchands et bêler les moutons. Et pourtant j'étais impuissant et incapable de faire quoi que ce soit, à part regarder le spectacle. Au bout d'une heure, même ce plaisir me fut refusé car la ville de Bulgar se trouve à un détour du fleuve, comme je l'ai dit, et disparut donc bientôt de ma vue. C'est ainsi que j'entrai et sortis de Bulgarie.

D'un point de vue géographique, le lecteur doit être maintenant complètement perdu. La Bulgarie moderne est l'un des États des Balkans. Elle est bordée par la Grèce, la Yougoslavie, la Roumanie et la Turquie. Cependant, du IXe *au* XVe *siècle, il y avait une autre Bulgarie. Elle était située sur les bords de la Volga, à 950 kilomètres environ du Moscou moderne, et c'était là la destination d'Ibn Fadlan. La Bulgarie sur la Volga était un royaume assez étendu, dont la capitale, Bulgar, était riche et célèbre quand les Mongols l'occupèrent en 1237 après J.-C. On pense que la population de la Bulgarie de la Volga et celle de la Bulgarie balkanique se composaient de groupes d'immigrants apparentés qui avaient quitté la région s'étendant autour de la mer Noire pendant la période située entre 400 et 600 après J.-C., mais on dispose de fort peu de documents à ce sujet. L'ancienne ville de Bulgar se trouve dans les environs de la Kazan moderne.*

Nous passâmes huit autres jours sur le navire, progressant toujours sur la Volga. Autour de la vallée du fleuve, le paysage devint plus montagneux. Nous atteignîmes un endroit où le fleuve se partage et que les Normands appellent l'Oker. Là, nous prîmes la branche la plus à gauche et continuâmes pendant dix jours. L'air était froid et le vent fort. Beaucoup de neige recouvrait encore le sol. Il y a aussi beaucoup de grandes forêts dans ce pays, que les Normands appellent Vada.

Puis nous arrivâmes à un camp d'hommes du Nord : Massborg. Il était formé d'un petit groupe de vastes maisons en bois construites dans le style nordique. Ce village vit de la vente de vivres aux marchands qui montent ou descendent cette route. À Massborg, nous quittâmes le navire et voyageâmes à dos de cheval pendant dix-huit jours. Nous traversâmes une région accidentée et glaciale. Les rigueurs de ce voyage m'épuisaient. Les Normands ne chevauchent jamais de nuit, pas plus qu'ils ne naviguent : ils préfèrent échouer chaque soir leur bateau sur la berge et attendre la lumière de l'aube pour poursuivre leur chemin.

Or, voici ce qui se passa : durant notre voyage, les nuits raccourcirent au point qu'on n'aurait pas pu faire cuire une marmite de viande dans cette durée. En vérité, j'avais l'impression qu'à peine je m'étais couché pour dormir, un Normand me réveillait en disant : « Lève-toi, il fait jour. Nous devons repartir. » En outre, le sommeil repose mal dans ces froides contrées.

Herger m'expliqua aussi qu'au pays du Nord les jours étaient longs en été, les nuits longues en hiver, que jours et nuits étaient rarement égaux. Il me conseilla aussi d'essayer de voir le rideau du ciel dans la nuit. C'est ce que je fis un soir. Alors je vis luire au firmament de pâles lumières vertes, jaunes, parfois bleues, qui pendaient dans l'air comme un rideau. Ce spectacle me stupéfia, mais les Normands n'y trouvèrent rien d'étonnant.

Nous mîmes cinq jours à descendre des montagnes dans une région de forêts. Au pays du Nord, celles-ci sont froides et pleines d'arbres gigantesques. Par endroits, cette contrée humide et glacée est d'un vert si vif qu'elle vous blesse les yeux, mais, à d'autres, elle est noire, sombre et menaçante.

Notre voyage à travers les forêts dura encore sept jours pendant lesquels il plut énormément. Souvent cette pluie tombe si dru qu'elle finit par oppresser. Une ou deux fois, je crus que j'allais me noyer, tant l'air lui-même regorgeait d'eau. À d'autres moments, quand le vent chassait la pluie, nous subissions une tempête de sable qui piquait la peau, brûlait les yeux et vous aveuglait.

Venant d'une région désertique, Ibn Fadlan, bien entendu, ne pouvait être que très impressionné par cette intense verdure et l'abondance des pluies.

Les Normands ne redoutaient pas la présence de voleurs dans la forêt. En fait, que ce fût en raison de leur force menaçante ou de l'absence de bandits, nous ne rencontrâmes personne dans les bois. Le pays du Nord est fort peu peuplé, c'est du moins ce qui me sembla pendant mon séjour là-bas.

Nous chevauchions souvent sept ou dix jours sans voir le moindre village, la moindre ferme ou demeure.

Notre voyage se déroulait ainsi : le matin, nous nous levions et, sans faire d'ablutions, nous mettions aussitôt en selle et chevauchions jusqu'à midi. Puis l'un ou l'autre des guerriers abattait quelque gibier, un petit animal ou un oiseau. Quand il pleuvait, la nourriture était consommée sans être cuite. Il plut souvent et, les premiers jours, je choisis de ne pas manger la viande crue qui, de plus, n'était pas *dabah* (abattue rituellement), mais, au bout d'un certain temps, je la mangeai aussi, en murmurant « au nom de Dieu » et en espérant que le Très-Haut comprendrait mon embarras. Quand il ne pleuvait pas, on allumait du feu avec une petite braise que nous portions avec nous et l'on faisait cuire la nourriture. Nous mangions aussi des baies et des herbes dont j'ignore le nom. Puis nous voyagions tout l'après-midi, qui était fort long, jusqu'à la tombée de la nuit. Ensuite, nous nous reposions et mangions de nouveau.

Comme il pleuvait souvent la nuit, nous devions nous abriter sous de grands arbres. Pourtant, nous nous levions trempés et nos couvertures en peau étaient trempées de même. Les Nordiques ne s'en plaignaient pas car ils sont insouciants en toute occasion. J'étais le seul à grogner, et très fort, même, mais les autres ne me prêtaient aucune attention.

Finalement, je dis à Herger : « La pluie est froide. » Cela le fit rire. « Comment la pluie peut-elle être froide ? répliqua-t-il. C'est toi qui as froid et qui es malheureux. La pluie n'est pas froide et malheureuse. »

Je vis qu'il croyait à ces stupidités et me trouvait sot de penser différemment, ce qui était le cas.

Or voici qu'un soir, alors que nous mangions, je prononçai les mots « au nom de Dieu » au-dessus de mon repas. Buliwyf demanda à Herger ce que j'avais dit. J'expliquai à Herger que je croyais que la nourriture devait être consacrée et que j'agissais donc ainsi à cause de mes croyances. Buliwyf me demanda : « Est-ce là une coutume arabe ? » Herger traduisit.

Je répondis : « Non, car en réalité c'est celui qui tue la bête qui doit consacrer la viande. Je prononce des paroles pour ne pas me montrer oublieux [1]. »

---

1. Une réaction typiquement musulmane. À la différence du christianisme, religion à laquelle il ressemble par bien des points, l'islamisme ne met pas l'accent sur le concept de péché originel dû à la chute de l'homme. Pour un musulman, pécher, c'est oublier de pratiquer les rites quotidiens prescrits. En conséquence, il est plus grave d'oublier entièrement le rite que de se le rappeler et de ne pas l'exécuter soit en raison des circonstances soit par incapacité personnelle. Ibn Fadlan déclare donc qu'il se souvient des préceptes, ce qui est mieux que rien, même s'il se trouve dans l'impossibilité de les observer.

Les Normands eurent l'air de trouver ma déclaration fort drôle. Ils rirent de bon cœur. Puis Buliwyf me demanda : « Sais-tu dessiner des sons ? » Ne comprenant pas ce qu'il voulait dire, j'interrogeai Herger. Après une courte discussion, je compris qu'il voulait dire « écrire ». Les Normands appellent l'arabe « bruit » ou « sons ». Je répondis à Buliwyf que je savais écrire, ainsi que lire.

Il me demanda d'écrire pour lui sur le sol. À la lueur du feu du soir, je pris un bâton et écrivis : « Dieu soit loué. » Tous les Normands regardèrent les caractères. On m'ordonna de dire ce qu'ils signifiaient, ce que je fis. Buliwyf contempla longuement l'écriture, la tête sur la poitrine.

Herger me demanda : « Quel Dieu loues-tu ? » Je lui répondis que je louais le Dieu unique appelé Allah.

Herger dit : « Un seul Dieu ne peut suffire. »

Nous voyageâmes un autre jour, passâmes une autre nuit, puis encore un autre jour. Le soir suivant, Buliwyf prit un bâton et dessina sur la terre les mots que j'avais écrits auparavant, puis il m'ordonna de les lire.

« Dieu soit loué », dis-je à haute voix. Buliwyf parut satisfait. Je compris qu'il avait voulu me faire subir une épreuve en plaçant dans sa mémoire les symboles que j'avais tracés pour me les remontrer ensuite.

Alors Ecthgow, le lieutenant de Buliwyf, un guerrier moins joyeux que les autres, un homme sévère, s'adressa à moi par le truchement de l'interprète, Herger. Herger dit : « Ecthgow voudrait savoir si tu peux dessiner le son de son nom. »

Je répondis que oui, pris le bâton et commençai à dessiner sur le sol. Aussitôt Ecthgow bondit sur ses pieds, m'arracha le bout de bois et effaça ce que j'avais écrit. Il cria quelque chose d'un air furieux.

Herger me dit : « Ecthgow te défend de jamais dessiner son nom. Tu dois lui jurer que tu ne le feras pas. »

Cela me surprit fort. Je voyais que Ecthgow était extrêmement fâché contre moi. Les autres l'étaient de même ; ils me regardaient avec inquiétude et colère. Je promis à Herger que je ne tracerais pas le nom d'Ecthgow ni celui d'aucun des autres. Tous accueillirent mes paroles avec soulagement.

Après cet incident, on ne parla plus de mon talent pour l'écriture. Buliwyf, cependant, donna certaines instructions : chaque fois qu'il pleuvait, je me voyais attribuer le plus gros arbre et je recevais plus de nourriture que par le passé.

Nous ne dormions pas toujours dans la forêt, pas plus que nous ne les traversions toutes. À la lisière de certaines d'entre elles, Buliwyf et ses guerriers fonçaient en avant, galopant à travers les troncs serrés sans le moindre souci ni la moindre peur. Par ailleurs, devant d'autres forêts, il s'arrêtait. Les guerriers mettaient pied à terre, allumaient un feu et faisaient une offrande de nourriture, de quelques morceaux de pain dur ou d'un bout de tissu avant de poursuivre leur route. En outre, ils longeaient alors le bord de la forêt, sans jamais pénétrer dans ses profondeurs.

J'en demandai la raison à Herger. Il répondit que certaines forêts étaient dangereuses, d'autres, non ; mais il arrêta là ses explications. J'insistai : « Quelles menaces recèlent les forêts jugées dangereuses ? »

Il répondit : « Il y a des choses qu'aucun homme ne peut conquérir, aucune épée tuer et aucun feu brûler. Or, de telles choses se trouvent dans les forêts. »

Je dis : « Comment le sait-on ? »

Herger rit. « Vous les Arabes, vous voulez toujours avoir des raisons. Vos cœurs sont un gros sac bourré de raisons.

– Et pour vous, les raisons n'ont-elles aucune importance ?

– Elles ne servent à rien. Nous disons : l'homme doit être sage avec mesure, mais pas trop, sinon il connaîtrait son destin par avance. Or, l'homme le plus insouciant, c'est celui qui ne connaît pas son destin par avance. »

Je compris que je devais me contenter de cette réponse. Il était vrai, en effet, que, parfois, quand je demandais quelque renseignement à Herger, il me répondait ; si je ne comprenais pas, je continuais à le questionner et lui à m'expliquer.

D'autres fois, cependant, quand je l'interrogeais, il me répondait de façon abrupte, comme si ma question était futile. Alors je ne tirais plus rien de lui, à part des hochements de tête.

Nous continuâmes notre voyage. En vérité, je peux dire que certaines forêts de ce sauvage pays du Nord m'inspiraient une peur que je ne saurais justifier. La nuit, assis autour du feu, les Normands racontaient des histoires de dragons et de bêtes féroces et aussi d'ancêtres qui les avaient tués. C'était à cause de ces êtres, disaient-ils, que j'avais peur. Mais ils parlaient de ces choses sans montrer la moindre frayeur et jamais je n'ai vu une de ces bêtes de mes propres yeux.

Une nuit, j'entendis un grondement que je pris pour celui du tonnerre, mais ils m'assurèrent que c'était un grognement de dragon. J'ignore si c'est vrai et ne rapporte ici que ce qui m'a été dit.

Le pays du Nord est froid et humide. On n'y voit que fort peu le soleil car de gros nuages gris couvrent le ciel toute la journée. Les gens de cette région sont blancs comme du lin et ont des cheveux très clairs. Au bout d'un certain nombre de jours de voyage, je ne vis plus de personnes brunes du tout. En fait, la teinte de ma peau et de mes cheveux ébahit les habitants de cette contrée. Souvent un fermier, sa femme ou sa fille s'avançaient vers moi et me touchaient d'un geste caressant. En riant, Herger m'expliquait qu'ils essayaient d'enlever la couleur qu'ils croyaient peinte sur mon corps. Ce sont des gens ignorants qui ne savent rien de l'étendue du monde. Souvent, ils avaient peur de moi et refusaient de s'approcher. Dans un certain endroit, dont j'ignore le nom, un enfant hurla de terreur en m'apercevant et courut s'accrocher aux jupes de sa mère.

Cela amusait énormément les guerriers de Buliwyf. Mais bientôt je remarquai ceci : à mesure que passaient les jours, mes compagnons cessèrent de rire et devinrent de plus en plus moroses. Herger m'expliqua qu'ils pensaient à la boisson dont nous avions été privés depuis longtemps.

Dans chaque ferme ou demeure, Buliwyf et ses guerriers demandaient de l'alcool mais, dans ces endroits pauvres, il y en avait rarement. Ils étaient profondément désappointés au point que, pour finir, ils perdirent toute trace de gaieté.

Enfin nous arrivâmes dans un village où ils trouvèrent de l'alcool. En un clin d'œil, tous s'enivrèrent. Ils buvaient bruyamment, sans se soucier du liquide que, dans leur hâte, ils faisaient couler sur leur menton et leurs habits. En fait, l'un d'eux, le solennel Ecthgow, avait déjà tant bu alors qu'il était encore à cheval qu'il tomba en essayant d'en descendre. Sa monture le frappa à la tête et je craignis pour sa vie, mais Ecthgow rit aux éclats et rendit à la bête son coup de pied.

Nous restâmes dans ce village deux jours entiers. Cela m'étonna beaucoup car, jusque-là, les guerriers s'étaient montrés fort pressés d'arriver à destination. À présent, ils oubliaient tout pour boire et dormir d'un sommeil d'ivrogne. Puis, le troisième jour, Buliwyf donna l'ordre de repartir.

Les guerriers reprirent la route, et moi, avec eux. Le fait d'avoir perdu deux jours leur paraissait parfaitement normal.

J'ignore combien de jours encore dura notre voyage. Je sais que nous changeâmes cinq fois de chevaux, payant les montures fraîches dans les villages avec de l'or et les petits coquillages verts auxquels les Normands accordent plus de valeur qu'à aucun autre objet au monde. Enfin nous arrivâmes dans une localité appelée Lenneborg, située sur la mer. L'eau était grise, de même que le ciel, l'air froid et piquant. Là, nous montâmes à bord d'un autre vaisseau.

Il ressemblait à celui que nous avions auparavant, mais en plus grand. Les Normands l'appelaient *Hosbokun*, ce qui signifie « chèvre de mer » parce que le navire se cabre sur les vagues comme une chèvre. Et aussi parce que l'embarcation était rapide : pour ces gens, la chèvre symbolise la vitesse.

J'avais peur d'aller sur la mer car l'eau était agitée et glacée. Elle était si froide qu'une main plongée dedans perdait aussitôt toute sensibilité. Pourtant les Normands étaient joyeux. Ils burent tout un soir dans le village maritime de Lenneborg et s'ébattirent avec un grand nombre de femmes libres et de serves. On me dit que c'était là une coutume nordique. Comme ils ignorent s'ils survivront au voyage en mer, les hommes, avant de partir, se livrent à des orgies.

Nous étions partout accueillis avec la plus grande hospitalité, que les gens de ce pays considèrent comme une vertu. Le fermier le plus pauvre plaçait devant nous tout ce qu'il possédait et ceci, non parce qu'il craignait que nous le tuions ou le volions, mais par pure gentillesse et gracieuseté. Les Normands, appris-je, condamnaient les voleurs ou les assassins de leur propre race et les traitaient toujours avec rigueur. Ils ont ces convictions en dépit du fait qu'ils sont toujours ivres, se battent comme des animaux dénués de raison et s'entre-tuent en des duels passionnés. Pourtant, ils ne considèrent pas cela comme un meurtre et tout assassin sera lui-même tué.

Ils traitent également leurs esclaves avec bonté, ce qui m'étonna [1]. Lorsqu'un serf tombe malade ou meurt d'un accident, cela n'est pas considéré comme une grande perte, et les serves doivent être prêtes à tout moment à satisfaire le désir de n'importe quel homme, en public ou en privé, de nuit ou de jour. Même s'ils n'éprouvent aucune affection pour eux, les Normands ne brutalisent jamais leurs esclaves, les vêtent et les nourrissent.

En outre, j'appris ceci : que tout homme peut soumettre une esclave à son caprice, mais que les chefs et

---

1. D'autres témoignages contredisent la description que fait Ibn Fadlan de la façon dont les Scandinaves traitaient les esclaves et de leur attitude vis-à-vis de l'adultère. C'est pourquoi certains spécialistes mettent en doute son sérieux en tant qu'observateur social. En fait, il devait y avoir, dans ces domaines, de grandes différences d'une région ou d'une tribu à l'autre.

les nobles normands respecteront l'épouse du plus misérable des fermiers, tout comme ils respectent leurs épouses respectives. Forcer une femme née libre qui n'est pas une esclave est un crime, puni, à ce que l'on me dit, par la pendaison. Je n'eus cependant jamais l'occasion de constater la chose.

Pour les Normands, la chasteté des femmes est une grande vertu, mais elle est rarement pratiquée : on accorde peu d'importance à l'adultère et si une épouse, qu'elle soit de haute ou de basse naissance, se montre lascive, on ne voit là rien de très remarquable. Ces gens sont fort libres dans ce domaine. Les hommes du Nord disent que les femmes sont fourbes, qu'on ne peut leur faire confiance. Ils paraissent se résigner à ce fait et en parlent avec leur insouciance coutumière.

Je demandai à Herger s'il était marié. Il me répondit qu'il avait une femme. Discrètement, je m'enquis de sa chasteté. Herger me rit au nez : « Je bourlingue dans les mers et ne rentrerai peut-être jamais. Ou bien je resterai peut-être absent des années. Ma femme n'est pas morte. » De ces paroles, je conclus qu'elle lui était infidèle, mais qu'il s'en moquait.

Aux yeux des Normands, aucun enfant n'est un bâtard si sa mère est une femme mariée. Les enfants d'esclaves sont parfois des esclaves et parfois des hommes libres. J'ignore comment se prend cette décision.

Dans certaines régions, on reconnaît les esclaves à une oreille coupée. Dans d'autres, ils mettent un collier de fer pour indiquer leur condition. Dans d'autres encore, ils ne portent aucun signe distinctif car telle est la coutume locale.

La pédérastie est inconnue chez les Normands, bien qu'ils accusent d'autres peuples de la pratiquer. Eux déclarent n'y trouver aucun intérêt et, comme elle n'existe pas chez eux, ils n'ont pas de châtiment pour la punir.

Tout ceci, et plus encore, je l'appris grâce à mes conversations avec Herger et les observations auxquelles je me livrai pendant notre voyage. En outre, je remarquai que dans chaque endroit où nous faisions halte, les gens demandaient à Buliwyf quelle était la quête qu'il avait entreprise. Informés de sa nature – que moi je n'avais toujours pas comprise – ils accordaient à Buliwyf et à ses guerriers, et à moi, le plus grand respect. Ils priaient et offraient des sacrifices pour nous.

Une fois embarqués, les Normands, comme je l'ai déjà dit, devinrent tout contents et joyeux. Pourtant la mer était mauvaise et, selon moi, fort désagréable, surtout pour mon estomac. J'avais l'impression d'être complètement détraqué et, en vérité, je fus obligé de vomir. Puis je demandai à Herger pourquoi ses compagnons étaient si heureux.

Il répondit. « C'est parce que nous serons bientôt au pays de Buliwyf, un endroit appelé Yatlam où vivent son père, sa mère et toute sa famille. Il ne les a pas vus depuis de longues années.

– N'allons-nous pas dans la terre de Wulfgar ?

– Oui, mais il convient que Buliwyf aille d'abord rendre hommage à son père ainsi qu'à sa mère. »

À leurs figures, je vis que tous les autres nobles et guerriers étaient aussi heureux que Buliwyf lui-même. J'en demandai la raison à Herger.

« Buliwyf est notre chef. Nous sommes heureux pour lui et pour le pouvoir qu'il aura bientôt. »

Je demandai quel était ce pouvoir. « Le pouvoir de Runding », répondit Herger. Quand je l'interrogeai encore, il ajouta : « Le pouvoir des anciens, le pouvoir des géants. »

Les Normands croient que, il y a très longtemps, la terre était peuplée par une race de géants disparue depuis. Ils ne se considèrent pas comme les descendants de ces colosses, mais ils en auraient hérité certains pouvoirs d'une façon que je comprends mal. Ces païens croient également en plusieurs dieux, qui sont aussi des géants et qui ont aussi des pouvoirs. Mais Herger me parlait d'hommes, et non pas de dieux géants, c'est du moins ce qu'il me sembla.

Cette nuit-là, nous halâmes le navire sur un rivage rocheux où les pierres avaient la taille d'un poing d'homme. C'est là que Buliwyf campa avec ses hommes. Ils burent et chantèrent autour du feu jusque tard dans la nuit. Prenant part aux réjouissances, Herger n'avait pas la patience de m'expliquer le contenu des chansons. Je ne sais donc pas ce qu'ils chantaient, mais tous paraissaient très heureux. Le lendemain matin, ils arriveraient dans la terre natale de Buliwyf, le pays appelé Yatlam.

Nous partîmes avant l'aube. Le froid était si intense que j'en avais mal aux os, et mon corps était tout meurtri d'avoir passé la nuit sur cette plage rocheuse. Nous nous élançâmes sur la mer déchaînée et dans la tempête. Nous voguâmes toute la matinée. Graduellement, les hommes devinrent tellement excités qu'on aurait dit des enfants ou des femmes. Je m'étonnais de voir ces énormes et robustes guerriers glousser et rire comme le harem du calife. À leurs yeux, pourtant, leur conduite n'avait rien d'efféminé.

Une langue de terre, un haut rocher gris en saillie, apparurent au-dessus de la mer grise. La ville de

Yatlam, me dit Herger, se trouvait derrière ce cap. Quand nous le doublâmes, je tendis le cou pour voir la célèbre patrie de Buliwyf. Les guerriers rirent et crièrent plus fort. À ce que je crus comprendre, ils faisaient des plaisanteries crues et parlaient des parties de plaisir qu'ils auraient avec des femmes une fois descendus à terre.

Puis il y eut une odeur de brûlé sur la mer et nous aperçûmes de la fumée. Tous les hommes se turent. Alors que nous parvenions de l'autre côté du promontoire, je vis de mes propres yeux la ville embrasée. Il n'y avait aucun signe de vie.

Buliwyf et ses guerriers débarquèrent et parcoururent la ville de Yatlam. Elle était pleine de corps d'hommes, de femmes et d'enfants, certains consumés par les flammes, d'autres tailladés par des épées – une multitude de cadavres. Buliwyf et ses guerriers ne prononcèrent pas un mot. Même en ces circonstances, ils ne versèrent aucun pleur, ne manifestèrent ni chagrin ni tristesse. Jamais je n'ai vu une race accepter la mort comme les Normands. L'effroyable spectacle me rendit malade plusieurs fois ; eux, jamais.

Enfin je demandai à Herger : « Qui a fait ça ? » Mon compagnon désigna les forêts et les collines, à l'intérieur des terres. De la brume couvrait les bois. Herger se contenta de pointer son doigt en silence. « Est-ce le brouillard ? » m'enquis-je. Il me dit : « Ne me questionne pas davantage. Tu ne l'apprendras que trop tôt. »

Alors, voici ce qui arriva : Buliwyf pénétra dans une ruine incendiée et revint vers nous avec une épée. Celle-ci était très grande et lourde et tellement chauffée par le feu que Buliwyf en avait entouré la poignée d'un chiffon pour pouvoir la porter. En vérité, je dirai que c'est l'épée la plus grande que j'aie jamais vue. Elle était aussi longue que mon corps et la lame aussi large que les paumes de deux mains d'homme réunies. Ses dimensions étaient telles que même Buliwyf grognait sous son poids. Je demandai à Herger quelle était cette arme. Il me répondit : « C'est Runding. » Puis Buliwyf ordonna à ses hommes de rembarquer et nous reprîmes la mer. Aucun des guerriers ne se tourna pour regarder la ville de Yatlam en flammes. Je fus le seul à le faire. J'aperçus les ruines fumantes et le brouillard dans les collines au-delà.

Le camp de Trelbourg

Pendant deux jours nous longeâmes une côte plate, naviguant entre de nombreuses îles appelées le pays des Dans. Finalement, nous arrivâmes dans une région marécageuse où s'entrecroisent beaucoup d'étroites rivières qui se jettent dans la mer. Ces rivières n'ont pas de nom propre, mais chacune d'elles est appelée un « wyk » et les habitants de cette région des « Wykings », du moins par les guerriers normands qui remontent ces cours d'eau dans leurs bateaux et attaquent les villages [1].

Dans ce marécage, nous nous arrêtâmes à un endroit appelé Trelbourg qui m'étonna beaucoup. Ce n'est pas une ville, mais plutôt un camp militaire dont les habitants sont des guerriers; on y voit très peu de femmes et d'enfants. Les défenses de ce camp sont construites dans le style romain avec énormément de soin et d'habileté.

Trelbourg se trouve à la jonction de deux wyks qui se jettent ensuite dans la mer. La partie principale de

1. Les érudits modernes ne sont pas tous d'accord sur l'origine du mot « Viking ». Cependant, la plupart d'entre eux pensent, comme Ibn Fadlan, qu'il vient du terme « vik » qui signifie ruisseau ou rivière étroite.

la ville est entourée d'une enceinte en terre aussi haute que cinq hommes debout les uns sur les autres. Pour plus de protection encore une palissade surmonte ce cercle de boue séchée. À l'extérieur de la muraille, on trouve un fossé rempli d'eau dont j'ignore la profondeur.

Extrêmement bien faits, ces ouvrages en terre sont d'une symétrie et d'une qualité qui peuvent rivaliser avec tout ce que nous connaissons. Il y a plus : du côté terre de la cité se dresse un second demi-cercle de muraille et un second fossé au-delà.

La ville elle-même se trouve à l'intérieur du cercle interne. Celui-ci est brisé par quatre portes qui font face aux quatre coins de la terre. De solides portes en bois pourvues de lourdes ferrures et de nombreux soldats barrent chacune de ces ouvertures. D'autres soldats arpentent les remparts, montant la garde nuit et jour.

Dans la ville, on compte seize demeures en bois, toutes identiques : ce sont de longues maisons – c'est ainsi que les appellent les Normands – avec des murs incurvés qui les font ressembler à des bateaux retournés dont on aurait aplati les extrémités devant et derrière. Elles mesurent trente pas de long et sont plus larges dans la portion centrale qu'à chaque bout. Elles sont disposées ainsi : quatre longues maisons construites de manière à former un carré. Il y a quatre carrés, ce qui fait seize maisons en tout [1].

---

1. Sur ce point, l'exactitude du rapport d'Ibn Fadlan est confirmée par des découvertes archéologiques. En 1948 on pratiqua des fouilles à Trelleborg, en Scanie, Suède. Le site militaire mis au jour correspond exactement à la description que Ibn Fadlan a faite de la dimension, de la nature et de la structure du camp.

Chaque longue maison n'a qu'une seule entrée, et chacune de celles-ci est invisible d'une autre maison. J'en demandai la raison à Herger. Il répondit : « Si le camp est attaqué, les hommes doivent courir le défendre. Les issues sont conçues de telle façon que les hommes peuvent se hâter sans se mélanger ni créer de confusion. Au contraire, chacun d'eux peut se rendre librement à son poste. »

C'est pourquoi, dans chaque carré, une des maisons a une porte au nord, l'autre, à l'est, la troisième, au sud et, la dernière, à l'ouest. La disposition est la même dans les quatre carrés.

Je remarquai également que, malgré la taille gigantesque des Normands, ces portes étaient si basses que même moi je devais me plier pour pénétrer dans l'une des habitations. J'interrogeai Herger qui m'expliqua : « Lors d'une attaque, un seul guerrier peut rester dans la maison et, de son épée, couper la tête de tous ceux qui entrent. La porte est basse pour que les têtes, penchées en avant, soient plus faciles à couper. »

En vérité, je constatai que la ville de Trelbourg était construite sur tous les plans pour la guerre et pour la défense. On n'y fait aucun commerce, comme je l'ai déjà dit. Dans les longues maisons, il y a trois parties, ou pièces, chacune pourvue d'une porte. Dans la pièce centrale, la plus large, il y a un trou pour les ordures.

Je constatai également que les habitants de Trelbourg sont différents des Normands qui vivent le long de la Volga : pour leur race, ils sont propres. Ils se lavent dans la rivière et se soulagent en plein air. À tous les points de vue, ils sont supérieurs aux hommes du Nord que j'avais connus jusque-là. Cependant, ils ne sont pas vraiment propres, c'est une question de comparaison.

La société de Trelbourg est essentiellement masculine. Toutes les femmes sont des esclaves. Il n'y a pas d'épouses parmi elles et les hommes sont libres de les prendre selon leur bon plaisir. Les habitants de Trelbourg vivent de poisson et d'un peu de pain. Ils ne pratiquent pas l'agriculture. Pourtant, les marécages qui entourent la ville comprennent des espaces cultivables. Je demandai à Herger pourquoi ils ne travaillaient pas la terre. Il me répondit : « Ce sont des guerriers. Ils ne labourent pas le sol. »

Buliwyf et ses compagnons furent aimablement reçus par les chefs de Trelbourg, car il y en a plusieurs. Le plus important d'entre eux s'appelle Sagard. C'est un homme fort et rude, presque aussi grand que Buliwyf.

Durant le banquet du soir, Sagard demanda à Buliwyf quels étaient sa mission et le but de son voyage. Alors Buliwyf lui fit part de la requête de Wulfgar. Herger me traduisit leurs propos, bien qu'en fait j'eusse passé suffisamment de temps avec ces païens pour apprendre un ou deux mots de leur langue. Voici le sens de la conversation entre Sagard et Buliwyf.

Sagard déclara : « Bien qu'il soit le fils du roi Rothgar, Wulfgar a eu raison de remplir la tâche de messager car ses frères se sont attaqués mutuellement. »

Buliwyf répondit qu'il l'ignorait, ou d'autres paroles signifiant la même chose. Je remarquai toutefois qu'il n'était pas tellement surpris. Il est vrai que Buliwyf ne s'étonnait presque jamais. Cela faisait partie de son rôle de chef des guerriers et de héros.

Sagard reprit : « Rothgar avait cinq fils. Trois d'entre eux ont été tués par leur frère Wiglif, un homme rusé [1], qui avait le héraut du vieux roi pour complice. Seul Wulfgar demeure fidèle, et il est parti. »

Buliwyf dit qu'il était content d'apprendre ces nouvelles et qu'il les garderait à l'esprit. La conversation s'arrêta là. Ni Buliwyf ni aucun de ses guerriers ne marqua la moindre surprise en écoutant Sagard. J'en conclus que s'entre-tuer pour monter sur le trône était une pratique courante chez les fils de roi.

De temps en temps, il arrive également qu'un fils assassine son père pour s'emparer du trône. Pour les Normands, cet acte n'a rien d'extraordinaire car ils le voient de la même façon que n'importe quelle querelle d'ivrognes entre guerriers. Ils ont un proverbe qui dit : « Surveille ton arrière », et croient que tout homme doit être toujours prêt à se défendre, même un père contre son fils.

Au moment du départ, je m'enquis auprès de Herger de la raison d'une seconde fortification du côté terre de Trelbourg alors qu'il n'y en avait point du côté de la mer. Les Normands sont des marins qui attaquent de la mer. Pourtant Herger répondit : « C'est la terre qui est dangereuse. »

Quand je lui demandai pourquoi, il dit : « À cause du brouillard. »

Quand nous quittâmes Trelbourg, les guerriers assemblés là frappèrent leurs boucliers de leurs bâtons, menant grand vacarme pour notre vaisseau qui mettait à la voile. On me dit que c'était pour attirer l'attention d'Odin, un de leurs nombreux dieux, afin qu'il

1. Littéralement, « un homme à deux mains ». Comme il apparaîtra plus tard, les Normands étaient ambidextres au combat. Passer son arme d'une main à l'autre était considéré comme un tour admirable. L'ambidextre est donc un être rusé.

considérât d'un œil favorable le voyage de Buliwyf et de ses douze hommes.

J'appris également ceci : pour les Normands, le nombre 13 est significatif parce que la lune croît et meurt treize fois par an selon leurs calculs. Pour cette raison, tous les comptes importants doivent comporter le chiffre 13. Ainsi, me dit Herger, le nombre de maisons à Trelbourg était treize plus trois, et non pas seize, comme je l'ai exprimé.

En outre, j'appris que les Normands savent dans une certaine mesure que l'année ne correspond pas exactement à treize passages de la lune. Par conséquent, dans leur esprit, le chiffre 13 n'est ni stable ni fixe. Le treizième passage a pour eux quelque chose de magique et d'étranger. Herger me dit : « Ainsi tu as été choisi comme treizième en tant qu'étranger. »

En vérité, ces Normands sont superstitieux sans recours à la moindre logique, raison ou loi. Ils me paraissaient semblables à des enfants sauvages, pourtant je me trouvais parmi eux. Je tins donc ma langue. Bientôt je me félicitai de ma discrétion car voici ce qui arriva : nous avions quitté Trelbourg depuis quelque temps quand je me rappelai que jamais auparavant les habitants d'une ville n'avaient célébré notre départ en battant sur leurs boucliers pour invoquer Odin. Je le dis à Herger.

« C'est vrai, répondit-il. Il y a une raison particulière à cela : à présent, nous voguons sur la mer des monstres. »

Je crus tenir là une autre preuve de leur superstition. Je demandai si l'un des guerriers avait jamais vu de tels monstres. « Nous les avons tous vus, dit Herger, sinon comment connaîtrions-nous leur existence ? » Au ton de sa voix, je compris qu'il me jugeait stupide de ne pas le croire.

Au bout d'un certain temps, il y eut un cri. Courant vers le bord du bateau, tous les guerriers de Buliwyf désignèrent la mer et regardèrent l'eau en s'exclamant. Je demandai à Herger ce qui se passait. « Maintenant, nous sommes chez les monstres », répondit-il en pointant son doigt.

Or, dans cette région, l'océan est très turbulent. Le vent souffle avec violence, blanchissant d'écume les boucles de la mer, crachant de l'eau dans la figure du marin et jouant des tours à sa vue. Je contemplai les flots pendant plusieurs minutes, mais n'aperçus aucun monstre marin. Je n'avais donc aucune raison de croire ce que disaient les guerriers.

Soudain, l'un d'eux, en un cri plaintif, invoqua Odin. Il répéta le nom plusieurs fois d'un ton suppliant. Alors, de mes propres yeux, je vis le monstre. Il avait la forme d'un serpent géant. Il ne leva jamais la tête au-dessus de la surface de l'eau ; cependant, je vis son corps s'enrouler et se tordre. Il était très long, plus large que le navire des Normands et de couleur noire. Il cracha de l'eau en l'air, comme une fontaine, puis plongea dans les profondeurs en levant une queue fendue comme la langue fourchue d'un serpent. Elle était toutefois énorme, chacune de ses deux parties étant plus large que la plus large des feuilles de palmier.

Soudain, je vis un autre monstre, puis un autre et un autre encore. Il pouvait bien y en avoir quatre, peut-être même six ou sept. Chacun se conduisait de la même façon que ses compagnons : il se tortillait dans l'eau, crachait comme une fontaine et levait une queue géante fendue. À cette vue, les Normands implorèrent l'aide d'Odin et plus d'un tomba à genoux sur le pont en tremblant.

En vérité, de mes propres yeux je vis les monstres marins tout autour de nous dans la mer. Puis, au bout d'un certain temps, ils disparurent et ne revinrent pas. Les guerriers de Buliwyf retournèrent à leurs tâches de marin. Aucun d'eux ne reparla des monstres, mais, moi, je ne me remis que fort lentement de mes émotions. En riant, Herger me dit que j'avais la figure aussi pâle qu'un habitant du Nord. « Qu'est-ce qu'Allah dit de cela ? » me demanda-t-il. À cette question, je ne sus que répondre [1].

Le soir, nous échouâmes notre embarcation et fîmes un feu sur la plage. Je m'enquis auprès de Herger si les monstres marins attaquaient aussi un bateau en mer et, si c'était le cas, de quelle manière, car je n'avais vu la tête d'aucun d'entre eux.

En réponse, Herger appela Ecthgow, un des nobles et le lieutenant de Buliwyf. C'était un guerrier très solennel qui ne riait que lorsqu'il avait bu. Herger me dit que cet homme avait été sur un bateau attaqué. Voici ce que me conta Ecthgow : les monstres marins sont plus grands que tout ce qu'on peut trouver sur la terre et plus grands que tout navire sur la mer. Quand ils attaquaient, ils passaient sous l'embarcation, la soulevaient en l'air, la jetaient de côté comme un petit

---

1. Ce récit, dans lequel les monstres aperçus sont manifestement des baleines, est sujet à controverse parmi beaucoup d'érudits. Dans le manuscrit de Razi il apparaît tel qu'il est reproduit ici, mais, dans la traduction de Sjögren, il est beaucoup plus bref. De plus, on y montre les Scandinaves comme des plaisantins qui font une farce alambiquée à l'Arabe. Selon Sjögren, ils connaissaient les baleines et les distinguaient des monstres marins. D'autres érudits, dont Hassan, trouvent invraisemblable qu'Ibn Fadlan n'ait jamais entendu parler de ces animaux comme cela semble être le cas ici.

morceau de bois et l'écrasaient de leur langue fourchue.

Il y avait trente hommes à bord de son bateau, dit Ecthgow. Par une faveur des dieux, lui et deux de ses compagnons avaient survécu. Ecthgow parlait de sa façon coutumière, à savoir, très gravement. Je pensai donc qu'il disait la vérité.

Il me dit aussi que les monstres attaquaient un bateau parce qu'ils le prenaient pour un de leurs semblables et voulaient s'accoupler avec lui. Pour cette raison, les Normands évitaient de construire des vaisseaux trop grands.

Herger déclara que Ecthgow était un guerrier qui avait acquis un grand renom au combat ; on ne pouvait donc mettre sa sincérité en doute.

Les deux jours suivants, nous naviguâmes au milieu des îles du pays des Dans, puis, le troisième, nous traversâmes une étendue de haute mer. Là, j'eus peur de voir d'autres monstres marins, mais il n'en apparut aucun ; finalement, nous parvînmes dans le territoire appelé Venden. Ce pays est montagneux et sinistre. Les hommes de Buliwyf s'en approchèrent dans leur bateau avec quelque émoi et le sacrifice d'une poule qu'ils jetèrent dans les flots de la façon suivante : la tête depuis l'avant du navire, le corps depuis l'arrière, près de la barre.

Nous n'accostâmes pas tout de suite dans ce nouveau pays. Au lieu de cela, nous longeâmes le rivage et parvînmes enfin au royaume de Rothgar. Voici comment il m'apparut : en haut d'une falaise dominant la mer grise déchaînée, j'aperçus une immense salle des fêtes en bois, solide et imposante. Je fis part de mon admiration à Herger, mais lui et tous ses compagnons grognaient et secouaient la tête. J'en demandai la raison à Herger. Il dit : « Rothgar est appelé Rothgar le Vain et sa grande salle est la marque d'un homme vain. »

Je dis : « Pourquoi parles-tu ainsi ? À cause de ses dimensions et de sa splendeur ? » Car, en vérité, comme nous approchions, je vis que le bâtiment était richement orné de sculptures et de ciselures d'argent qui brillaient dans la lumière.

« Non, répondit Herger, je dis que Rothgar est vain à cause de l'emplacement qu'il a choisi pour sa ville. Il met les dieux au défi de l'abattre. Il agit comme s'il était plus qu'un homme, aussi est-il puni. »

Jamais encore je n'avais vu construction mieux protégée.

C'est ce que je dis à Herger : « Cette salle est imprenable. Comment Rothgar pourrait-il être abattu ? »

Herger se moqua de moi : « Vous, les Arabes, vous êtes incommensurablement stupides et ne connaissez rien aux choses du monde. Rothgar mérite le malheur qui le frappe. Nous sommes les seuls à pouvoir le sauver et encore n'est-il pas sûr que nous y parvenions. »

Ces paroles augmentèrent ma perplexité. Je regardai Ecthgow, le lieutenant de Buliwyf : il s'efforçait de garder une contenance de brave, mais ses genoux tremblaient. Or, ce n'était pas la violence du vent qui les faisait trembler ainsi. Il avait peur. Ils avaient tous peur, et moi j'ignorais pourquoi.

Le royaume de Rothgar au Pays de Venden

Le bateau fut tiré au sec à l'heure de la prière de l'après-midi et j'implorai le pardon d'Allah. Il m'aurait été impossible de faire mes dévotions en présence des Normands : ils prenaient mes prières pour des malédictions et menaçaient de me tuer si je me recueillais devant eux.

Dans le vaisseau, tous les guerriers revêtirent une tenue de combat. Celle-ci comprenait des bottes et des jambières en grosse laine et, par-dessus, un épais manteau de fourrure qui leur venait aux genoux. Par-dessus encore, ils mirent une cotte de mailles ; tous en avaient, sauf moi. Puis ils ceignirent leur épée, prirent leur bouclier de cuir peint en blanc et leur lance, et se coiffèrent d'un casque en métal ou en cuir [1]. En cela, tous les hommes étaient semblables à l'exception de Buliwyf qui portait son épée à la main, tant elle était grande.

Les guerriers levèrent les yeux vers la grand-salle de Rothgar. Son toit luisant et son habile construction les

1. On représente couramment les Scandinaves coiffés de casques à cornes. C'est là un anachronisme : à l'époque d'Ibn Fadlan, cela faisait plus de mille ans, soit depuis l'Âge récent du bronze, qu'ils n'en portaient plus.

émerveillèrent. Tous convinrent qu'avec ses hauts pignons et ses magnifiques sculptures, elle n'avait pas sa pareille au monde, mais ils en parlaient sans respect.

Enfin nous débarquâmes et cheminâmes vers la grand-salle sur une route pavée de pierres. Entre le cliquetis des épées et le ferraillement des cottes de mailles, nous faisions beaucoup de bruit. Après avoir parcouru une certaine distance, nous aperçûmes au bord du chemin une tête de bœuf coupée, piquée sur un pieu. L'animal venait d'être tué.

À la vue de ce mauvais présage qui, pour moi, ne signifiait rien, les Normands soupirèrent et s'assombrirent. À présent, j'étais habitué à la coutume qu'ils ont de tuer une bête au moindre signe de nervosité ou de provocation. Mais cette tête de bœuf avait une signification particulière.

Buliwyf regarda en direction des champs et aperçut une ferme isolée, typique du royaume de Rothgar. Les murs, en bois, sont colmatés avec une pâte faite de boue et de paille que l'on doit renouveler après les pluies. Le toit est également en bois et en paille. À l'intérieur, il n'y a qu'un sol de terre, un âtre et du fumier d'animaux, car les fermiers dorment avec leurs bêtes pour la chaleur que dégagent leurs corps. Ils utilisent aussi le fumier comme combustible.

Buliwyf donna l'ordre d'aller à cette ferme. Nous partîmes donc à travers les champs qui étaient verts, mais détrempés sous nos pas. Une ou deux fois, les guerriers firent halte pour examiner le sol avant de continuer, mais ils ne virent rien d'intéressant. Moi non plus.

Buliwyf, cependant, arrêta de nouveau sa troupe et désigna la terre noire. Alors, en vérité, je vis de mes propres yeux l'empreinte d'un pied nu, ou plutôt de nombreux pieds. Ils étaient plats et plus laids que tout ce qu'on connaît dans la création. À chaque orteil, il y avait la marque profonde d'un ongle corné ou d'une griffe. La forme de ce pied paraissait donc humaine et, à la fois, non humaine. Cela, je le vis de mes propres yeux et c'est à peine si je pouvais croire le témoignage de mes sens.

Buliwyf et ses hommes secouèrent la tête. Je les entendis répéter plusieurs fois le mot « wendol » ou « wendlon » ou quelque chose d'approchant. Ce nom ne me disait rien, mais je sentais que je ne devais pas interroger Herger à ce moment, car il était aussi inquiet que les autres. Nous nous hâtâmes vers la ferme. De temps en temps, nous apercevions d'autres empreintes crochues dans la terre. Buliwyf et ses guerriers avançaient lentement, mais ce n'était pas par prudence ; aucun homme ne tira son arme ; c'était plutôt par une sorte d'effroi que je ne comprenais pas et que pourtant je sentais en eux.

Enfin nous arrivâmes à la ferme et entrâmes. À l'intérieur, je vis, de mes propres yeux, ce spectacle : un homme jeune et bien fait dont tous les membres avaient été arrachés. Le tronc se trouvait ici, un bras là, une jambe plus loin. Il y avait des flaques de sang sur le plancher, du sang sur les murs, au plafond et sur toutes les surfaces, du sang en si grandes quantités qu'on aurait dit que toute la maison avait été peinte avec ce liquide rouge. J'aperçus également une femme déchirée de la même façon. Et aussi un enfant de sexe masculin, de deux ans ou moins, dont la tête avait été arrachée des épaules, ne laissant du corps qu'un tronçon sanglant.

Tout cela, je le vis de mes propres yeux. C'était le spectacle le plus effroyable dont j'aie jamais été témoin. Je vomis. Je me sentis mal pendant une heure et dus évacuer de nouveau.

Jamais je ne comprendrai la nature des Normands : alors que moi j'étais malade à la vue de ces horreurs, eux devenaient calmes et détachés. Ils examinèrent tout ce qu'ils voyaient avec sang-froid. Ils s'entretinrent des marques de griffes sur les membres et de la façon d'arracher la chair. Ils accordèrent beaucoup d'attention au fait que toutes les têtes manquaient. Ils remarquèrent aussi l'aspect le plus diabolique du massacre auquel, aujourd'hui encore, je ne puis repenser sans frissonner.

Des dents monstrueuses avaient rongé la chair tendre de l'enfant à l'arrière des cuisses ainsi que dans la région des épaules. Cette abomination, je la vis de mes propres yeux.

Les guerriers de Buliwyf quittèrent la ferme, l'air sombre et menaçant. Ils continuèrent à examiner soigneusement la terre molle près de la maison. Ils remarquèrent qu'il n'y avait aucune empreinte de sabots de cheval. Ce détail leur parut très important. Je ne savais pas pourquoi. Il faut dire aussi que je n'étais pas très attentif, me sentant encore faible et au bord de la nausée.

Alors que nous traversions les champs, Ecthgow fit une découverte de la nature suivante : un morceau de pierre, plus petit qu'un poing d'enfant, poli et grossièrement sculpté. Les guerriers se pressèrent autour pour l'examiner, et moi avec eux.

Je vis que c'était le torse d'une femme enceinte. Il n'y avait ni tête, ni bras, ni jambes, seulement le torse avec un gros ventre et, au-dessus, deux seins gonflés et pendants [1]. Je trouvais cette œuvre extrêmement sommaire et laide, mais rien de plus. Les Normands, en revanche, furent soudain bouleversés. Ils devinrent tout pâles; ils touchèrent l'objet d'une main tremblante; finalement, Buliwyf le jeta à terre et le frappa avec la poignée de son épée jusqu'à ce qu'il n'en restât que des éclats de pierre. Puis plusieurs guerriers furent malades et rendirent sur le sol. À mon grand étonnement tous étaient horrifiés.

Ensuite, ils se mirent en route pour la grand-salle du roi Rothgar. Personne ne parla durant le trajet qui dura près d'une heure. Tous semblaient plongés dans d'amères et dévorantes pensées, mais ils n'avaient plus l'air d'avoir peur.

Enfin, un héraut vint à notre rencontre et nous barra le passage. Remarquant les armes que nous portions, l'allure de la troupe et celle de Buliwyf, il lança un avertissement

Herger me dit : « Il demande nos noms, et avec grossièreté encore. »

Buliwyf répondit quelque chose au héraut et, à sa voix, je compris qu'il n'était pas d'humeur à plaisanter. Herger me dit : « Buliwyf lui explique que nous sommes des sujets du roi Higlac, du royaume de Yatlam, que nous avons un message pour le roi Rothgar et désirons lui parler. » Puis Herger ajouta : « Buliwyf dit que Rothgar est un très grand roi », mais le ton de mon compagnon laissait entendre le contraire.

Le héraut nous pria de poursuivre notre chemin jusqu'à la grand-salle et d'attendre dehors tandis qu'il

1. La figurine décrite correspond exactement à plusieurs sculptures découvertes par des archéologues en France et en Autriche.

préviendrait le roi de notre arrivée. C'est ce que nous fîmes, bien que cet accueil indignât Buliwyf et ses hommes : ils grommelaient car le Normand a coutume d'être hospitalier et ils trouvaient impoli qu'on les laissât ainsi devant la porte. Cependant, ils attendirent ; ils ôtèrent leurs armes, leurs épées et leurs lances, mais non leurs armures. Ils déposèrent les armes devant l'entrée.

La salle était entourée de tous côtés par plusieurs demeures construites dans le style nordique : longues avec des murs incurvés, comme à Trelbourg ; ici, cependant, elles ne formaient pas de carrés. Il n'y avait ni fortifications ni ouvrages de terre. Au lieu de cela, le terrain descendait depuis la grand-salle et les maisons jusqu'à une vaste et verte plaine. Ici et là, on voyait une ferme, puis, au-delà, des collines et la lisière d'une forêt.

Je demandai à Herger qui vivait dans ces longues maisons. Il répondit : « Dans certaines, le roi, dans d'autres, la famille royale, dans d'autres encore, les nobles. Il y en a aussi pour les serviteurs et les membres inférieurs de la cour. » Il ajouta que c'était un endroit difficile, propos qui me parut obscur.

Puis nous fûmes admis dans la grand-salle du roi Rothgar qui, en vérité, compte au nombre des merveilles de ce monde, d'autant plus qu'elle se trouve au rude pays du Nord. Les gens de Rothgar l'appellent Hurot : les Normands, en effet, donnent des noms de personnes aux choses de leur vie, aux bâtiments, aux bateaux et surtout aux armes. Or je dirais que Hurot, la grand-salle de Rothgar, était plus vaste que le palais principal du calife et magnifiquement incrustée d'argent et même d'or, un métal fort rare dans le

Nord. Partout il y avait des dessins et des ornements de la plus grande splendeur et du plus grand art. C'était un véritable monument au pouvoir et à la majesté du roi Rothgar.

Le roi en personne était assis à l'autre bout de la salle Hurot, c'est-à-dire si loin qu'on le distinguait à peine. Debout derrière son épaule droite se tenait le héraut qui nous avait barré le chemin. Il prononça des paroles que Herger me traduisit ainsi : « Voici, ô roi, une troupe de guerriers du royaume de Yatlam. Ils viennent d'arriver par la mer et leur chef est un homme nommé Buliwyf. Ils te prient de bien vouloir écouter leur message, ô roi. Ne leur interdis pas ta porte. Ils ont des façons de nobles et, à en juger par son allure, leur chef est un grand guerrier. Accueille-les, ô roi, comme des hommes de haut rang. »

Là-dessus, nous fûmes invités à approcher du roi Rothgar.

Celui-ci semblait un homme proche de la mort. Il n'était pas jeune ; il avait les cheveux blancs et le teint très pâle ; sa figure était creusée par le chagrin et par la peur. Il nous regarda avec suspicion, les yeux plissés, à moins qu'il ne fût presque aveugle, je ne sais. Finalement, il parla et, selon Herger, dit ceci : « Je connais cet homme car je l'ai envoyé chercher pour qu'il accomplisse une mission de héros. C'est Buliwyf. Je l'ai connu enfant lorsque je m'étais rendu outre-mer, au royaume de Yatlam. C'est le fils de Higlac, qui fut alors mon aimable hôte. À présent, ce fils vient me voir à l'heure du besoin et de la tristesse. »

Rothgar demanda alors qu'on fît venir ses guerriers dans la grand-salle, qu'on apportât des présents et qu'on fêtât les nouveaux venus.

À son tour, Buliwyf prit la parole. Il fit un long discours que Herger ne me traduisit pas, car parler en même temps que Buliwyf aurait été irrespectueux. Cependant, il dit en substance : qu'il avait entendu parler des ennuis de Rothgar, qu'il en était navré, que le royaume de son père avait été détruit par ces mêmes ennuis et qu'il était venu délivrer celui de Rothgar des maux qui l'avaient frappé.

Je ne savais toujours pas comment les Normands appelaient ces maux ou ce qu'ils en pensaient, bien que j'eusse vu l'œuvre des monstres qui déchiraient les hommes.

Le roi Rothgar parla de nouveau, cette fois avec quelque hâte. J'en conclus qu'il désirait prononcer certaines paroles avant l'arrivée de ses guerriers et de sa cour. Il déclara (selon Herger) : « Ô Buliwyf, j'ai connu ton père quand j'étais moi-même un jeune homme à peine monté sur le trône. Maintenant, je suis vieux et découragé. Ma tête s'incline sur ma poitrine. Mes yeux pleurent de devoir reconnaître ma faiblesse. Comme tu vois, mon trône est un endroit presque stérile. Mes terres deviennent incultes. Ce que ces démons ont fait à mon royaume est indicible. Souvent, la nuit, encouragés par la boisson, mes guerriers jurent d'écraser les monstres. Puis quand la lumière blême de l'aube rampe sur les champs embrumés, nous voyons partout des corps ensanglantés. Tel est le chagrin de ma vie. Je n'en dirai pas plus. »

Alors on nous apporta un banc et un repas nous fut servi. Je demandai à Herger ce que le roi avait voulu dire par « démons ». Herger se fâcha et répondit que je ne devrais jamais lui reposer cette question.

Ce soir-là, il y eut un grand banquet présidé par le roi Rothgar et par la reine Weilew qui portait une robe ruisselante d'or et de pierres précieuses. Y assistaient la cour, les nobles et les guerriers du royaume. Les nobles formaient une piteuse assemblée : ils étaient vieux, buvaient trop et grand nombre d'entre eux étaient blessés ou mutilés. Tous avaient dans les yeux l'expression fixe et vide de l'effroi, et leur gaieté avait quelque chose de factice.

Il y avait aussi le fils nommé Wiglif, dont j'ai déjà parlé, le fils de Rothgar qui avait assassiné trois de ses frères. L'homme était jeune et svelte. Il avait une barbe blonde et des yeux qui ne se posaient jamais sur rien, mais erraient constamment ici et là. Jamais, non plus, son regard ne croisait celui d'une autre personne. Herger le vit et déclara : « C'est un renard. » Par là, il voulait dire que Wiglif était quelqu'un d'insaisissable, de changeant et de faux, car les Normands croient que le renard est un animal qui peut prendre toutes les formes qu'il veut.

Or voilà qu'au beau milieu des festivités, Rothgar envoya son héraut aux portes de la salle Hurot. L'homme annonça que le brouillard ne descendrait pas cette nuit-là. L'annonce que la nuit serait claire provoqua une grande joie. Tous étaient contents, sauf Wiglif.

À un certain moment, le fils de Rothgar se leva et dit : « Je bois à nos invités et spécialement à Buliwyf, un authentique et valeureux guerrier qui est venu nous secourir dans nos épreuves... bien que celles-ci puissent se révéler être pour lui un obstacle insurmontable. » Herger me chuchota ces mots, et je compris qu'ils étaient dans le même temps une louange et une insulte.

Tous tournèrent les yeux vers Buliwyf, attendant sa réponse. Le fils de Higlac se leva, regarda Wiglif et dit :

« Je n'ai peur de rien, pas même des jeunes démons novices et effrontés qui profitent de la nuit pour assassiner les hommes dans leur sommeil. » Je crus qu'il faisait allusion aux « wendols », mais Wiglif pâlit et agrippa le fauteuil dans lequel il était assis. « Parles-tu de moi ? » demanda-t-il d'une voix tremblante.

Buliwyf répondit ainsi : « Non, mais je n'ai pas plus peur de toi que des monstres du brouillard. »

Bien que Rothgar lui demandât de s'asseoir, le jeune Wiglif persista. Il dit à l'assemblée des nobles : « Cet homme, Buliwyf, qui est arrivé des rivages étrangers, a l'air d'être très orgueilleux et très fort. Mais j'ai pris des dispositions pour qu'on mette son courage à l'épreuve car l'orgueil peut aveugler quiconque. »

Alors je fus témoin de ce qui suit : un robuste guerrier assis à une table près de la porte, derrière Buliwyf, bondit sur ses pieds, saisit une lance et attaqua Buliwyf dans le dos. Tout cela prit moins de temps qu'il n'en faut pour inspirer [1].

Buliwyf, cependant, se tourna aussi et attrapa une lance. Avec cette arme, il frappa le guerrier en pleine poitrine puis, par la hampe, il le souleva très haut au-dessus de sa tête et le jeta contre le mur. Ainsi embroché, le guerrier battit l'air de ses pieds. La lance s'enfonça dans le mur de la salle. Le guerrier mourut sans émettre un son.

L'incident provoqua un grand tumulte. Buliwyf fit face à Wiglif et dit : « Voilà comment je répondrai à toute menace. » Alors d'un ton pressant et d'une voix trop forte, Herger parla en faisant de grands gestes dans ma direction. Ces événements m'avaient boule-

1. *Ducere spiritu.*

versé et, à la vérité, je ne pouvais détacher mon regard du guerrier mort épinglé au mur.

Puis Herger se tourna vers moi et dit en latin : « Chante une chanson pour la cour du roi Rothgar. Tous le désirent. »

Je lui demandai : « Mais que dois-je chanter ? Je ne connais aucune chanson. » Il répondit : « Chante quelque chose qui réjouisse le cœur. » Et il ajouta : « Ne parle pas de ton Dieu unique. Personne ne s'intéresse à de telles bêtises. »

Je ne savais vraiment pas quoi chanter car je n'ai rien d'un ménestrel. Quelques minutes passèrent pendant lesquelles tout le monde me regarda ; le silence tomba sur la salle. Puis Herger me dit : « Chante une chanson qui traite de rois et de vaillance. »

Je lui dis que je ne connaissais aucune chanson de cette sorte, mais que je pouvais leur narrer une fable qui, dans mon pays, passait pour drôle et amusante. Il approuva mon choix. Alors je racontai au roi Rothgar, à la reine Weilew, au fils Wiglif et à l'assemblée de guerriers et de nobles l'histoire universellement connue des pantoufles d'Abou Kassim. J'adoptai un ton léger et souris tout le temps. Au début, les Normands semblaient contents : ils riaient et se tapaient sur le ventre.

Puis un événement étrange se produisit : alors que je poursuivais mon récit, mon auditoire cessa de rire et s'assombrit de plus en plus. La fin du conte fut saluée, non pas par des rires, mais par un silence lugubre.

Herger me dit : « Tu ne pouvais pas le savoir, mais ce n'est pas là une histoire drôle. Maintenant, je dois présenter des excuses. » Là-dessus, il dit quelques mots qui devaient être une plaisanterie à mes dépens : tout le monde rit et les réjouissances reprirent enfin leur cours.

Fort ancienne l'histoire des pantoufles d'Abou Kassim fait partie de la culture arabe. Elle était bien connue d'Ibn Fadlan et de ses compatriotes de l'époque.

Il en existe plusieurs versions et on peut la raconter brièvement ou d'une façon plus élaborée. Cela dépend de l'enthousiasme du conteur. En résumé Abou Kassim est un riche marchand et un avare qui désire cacher le fait qu'il est riche afin de pouvoir faire de meilleures affaires. Pour paraître pauvre il porte une paire de pantoufles très usées et de mauvais goût en espérant pouvoir donner le change. En fait il ne trompe personne au contraire : tout le monde pense qu'il est stupide.

Un jour Abou Kassim achète des articles de verre à un prix particulièrement avantageux. Il décide de célébrer cette bonne affaire non pas de la manière habituelle en invitant des amis à une fête mais en s'offrant le luxe égoïste d'une visite aux bains publics. Il laisse ses vêtements et ses chaussures dans l'antichambre. Un ami lui reproche de porter des souliers si vieux et si peu convenables. Abou Kassim répond qu'ils peuvent encore faire de l'usage et entre au bain avec cet ami. Plus tard un juge très influent vient lui aussi aux bains et se déshabille laissant une élégante paire de pantoufles. Entre-temps, Abou Kassim sorti du bain ne retrouve pas ses vieilles savates. À leur place il voit une magnifique paire de chaussures neuves. Croyant que c'est un cadeau de son ami il les met et s'en va.

Quand le juge veut partir, ses pantoufles ont disparu et tout ce qu'il trouve c'est une affreuse paire de savates dont tout le monde sait qu'elle appartient à Abou Kassim le grippe-sou. Le juge se fâche. Il envoie des serviteurs récupérer ses babouches.

Ceux-ci ne tardent pas à les découvrir aux pieds mêmes du voleur qui est traîné devant un tribunal et condamné à une grosse amende.

Abou Kassim maudit sa malchance. Rentré chez lui il jette les pantoufles par la fenêtre, dans le Tigre boueux. Quelques jours plus tard en remontant leur prise des pêcheurs trouvent les chaussures parmi les poissons. Les clous des pantoufles ont déchiré les filets. Furieux les pêcheurs jettent les babouches trempées par une fenêtre ouverte qui est justement celle d'Abou Kassim. Les chaussures tombent sur la verrerie qu'il vient d'acheter et la brisent en mille morceaux.

Abou Kassim se désole comme seul peut le faire un ladre. Il jure que ces maudites pantoufles ne lui causeront plus d'ennuis. Pour plus de sécurité il va dans son jardin avec une pelle et les enterre. Or il se trouve que son voisin le voit creuser la terre, une tâche inférieure qui doit être remplie par un domestique. Le voisin en déduit que si le maître de maison s'en charge lui-même ce doit être pour enfouir un trésor. Il va donc chez le calife et dénonce Abou Kassim ; car selon les lois du pays tout trésor trouvé dans la terre est la propriété du calife.

Abou Kassim est convoqué chez le calife. Lorsqu'il déclare qu'il n'a enterré qu'une paire de vieilles pantoufles la cour rit à gorge déployée : il est évident que le marchand essaie de cacher son but véritable. Furieux d'être jugé assez fou pour croire un aussi mauvais mensonge le calife augmente son amende en conséquence. Abou Kassim est comme foudroyé quand il entend la sentence mais il est obligé de payer.

Il décide maintenant de se débarrasser de ses pantoufles une bonne fois pour toutes. Pour être tout à fait certain qu'il n'aura pas d'autres ennuis il entreprend un pèlerinage loin de la ville. Il lance les chaussures dans une mare et les regarde sombrer avec satisfaction. Mais la mare alimente les réserves d'eau de la cité et les pantoufles finissent par obstruer les tuyaux.

Envoyés déboucher la canalisation des gardes trouvent les chaussures et les reconnaissent car tout le monde connaît les babouches du célèbre avare. Abou Kassim est de nouveau amené devant le calife. On l'accuse d'avoir pollué l'eau de la ville et on le condamne à une amende encore plus forte que la précédente. On lui rend ses pantoufles.

Abou Kassim se détermine alors à brûler ses souliers mais comme ils sont encore mouillés il les place sur le balcon pour les sécher. Un chien les voit et se met à jouer avec : l'un d'eux glisse de sa gueule et tombe dans la rue tout en bas où il frappe une passante. La femme est enceinte. Sous le choc elle avorte. Son mari se précipite au tribunal pour demander un dédommagement. Celui-ci lui est largement accordé. Ruiné et brisé Abou Kassim est obligé de payer.

Littéralement la morale malicieuse de cette fable c'est qu'un homme qui ne change pas assez souvent de pantoufles peut être frappé de toutes sortes de malheurs. Cependant c'est certainement l'idée sous-jacente celle d'un homme incapable de se débarrasser d'un fardeau qui troubla tant les Normands.

La nuit se passa en réjouissances. Tous les guerriers de Buliwyf se divertirent avec insouciance. Je vis le fils Wiglif lancer un regard sombre à Buliwyf, avant de quitter la salle, mais le chef normand ne lui prêta aucune attention, préférant prendre du plaisir avec des esclaves et des femmes libres. Au bout d'un moment, je m'endormis.

Au matin, je me réveillai au son de coups de marteau. Me risquant hors de la salle Hurot, je trouvai tous les habitants du royaume de Rothgar occupés à construire des fortifications. Des chevaux apportaient de grandes quantités de pieux que les guerriers taillaient ensuite en pointe. Buliwyf en personne dirigeait l'établissement des ouvrages de défense en traçant une marque sur le sol du bout de son épée. Pour ce faire, il n'utilisait pas Runding, mais une autre arme. J'ignore s'il y avait une raison à cela.

Vers le milieu de la journée, la femme appelée l'ange de la mort [1] arriva, répandit des os sur le sol, prononça des incantations au-dessus d'eux, puis annonça que le brouillard viendrait cette nuit-là. À cette nouvelle, Buliwyf ordonna d'interrompre le travail et de préparer un grand banquet. Tout le monde fut d'accord là-dessus et l'activité cessa. Je m'informai auprès de Herger pourquoi il devait y avoir un banquet, mais mon compagnon me répondit que je posais trop de questions. Il est vrai que j'avais mal choisi le moment pour l'interroger : il était en train de parader devant une blonde qui souriait avec chaleur dans sa direction.

Dans l'après-midi, Buliwyf rassembla tous ses guerriers et leur dit : « Préparez-vous au combat. » Ils acquiescèrent et se souhaitèrent mutuellement bonne chance tandis qu'autour de nous on préparait le festin.

Celui-ci ressembla fort à celui de la nuit précédente, à la différence que moins de nobles de Rothgar y assistèrent. En fait, j'appris que grand nombre d'entre eux ne viendraient pas du tout, car ils avaient peur de ce qui se passerait dans la salle Hurot cette nuit-là. Il semblait, en effet, que c'était l'endroit auquel l'ennemi s'intéressait le plus dans toute la région, qu'il convoitait la salle Hurot ou quelque chose d'approchant – je n'étais pas très sûr d'avoir compris.

---

1. Il ne s'agit pas du même « ange de la mort » que celui qui était avec les Normands sur les rives de la Volga. Il semble que dans chaque tribu il y ait eu une vieille femme qui exerçait des fonctions chamanistiques sous le nom de « l'ange de la mort ». C'est donc un terme générique.

Je ne pris guère plaisir à ce banquet en raison de l'appréhension que m'inspirait l'avenir. Mais voici ce qui arriva : l'un des nobles âgés parlait un peu de latin et aussi quelques bribes de dialectes ibériques car il avait voyagé dans le califat de Cordoue dans sa jeunesse. J'engageai la conversation avec lui. En ces circonstances, je feignis d'en savoir bien plus que je n'en savais en réalité, comme vous allez le voir.

Voici ce qu'il me dit : « Ainsi tu es l'étranger qui sera le numéro treize ? » À cela, je répondis que c'était moi, en effet. « Tu dois être extrêmement courageux, reprit le vieillard, et, pour ton courage, je te salue. » Je lui fis quelque réponse polie, dans le sens que j'étais un lâche comparé aux autres membres de la troupe de Buliwyf, ce qui, en fait, était plus que vrai.

« Peu importe », déclara le vieil homme. Il était pris de boisson, ayant bu l'alcool de la région – une mixture infâme, mais très forte, qu'ils appellent hydromel. « Tu es nonobstant très courageux d'affronter les wendols. »

Je compris que j'allais peut-être enfin apprendre quelque chose d'important. Je répétai à ce seigneur une maxime normande que Herger m'avait citée une fois : « Les animaux meurent, les amis meurent, et je mourrai aussi, mais ce qui ne meurt jamais, c'est la réputation que nous laissons à notre mort. »

Le vieillard eut un rire édenté : il était content que je connusse un de leurs proverbes. Il dit : « C'est juste, mais les wendols ont une réputation aussi. » Je répondis avec la plus grande indifférence : « Vraiment ? Je ne la connais pas. »

Le vieil homme répliqua que puisque j'étais un étranger, il consentait à m'éclairer : le nom de « wendol » ou « windon » est très ancien, aussi vieux que n'importe quel peuple du pays du Nord et il signifie « le brouillard noir ». Pour les Normands, cela signifie un brouillard qui, sous le couvert de la nuit, amène des démons noirs qui déchirent, tuent et mangent des êtres humains [1]. Ces démons sont velus et répugnants à toucher et à sentir. Ils sont féroces et rusés. Ils ne parlent aucune langue humaine et pourtant ils conversent entre eux. Ils arrivent avec la brume nocturne et disparaissent à l'aube, se retirant dans quelque lieu où aucun homme n'ose les suivre.

Le vieil homme me dit : « Il y a plusieurs façons de reconnaître les endroits où demeurent des démons du

---

1. Il semblerait que la sournoiserie et la cruauté de ces êtres aient plus impressionné les Scandinaves que leur cannibalisme. Selon Jensen, les Normands avaient horreur du cannibalisme parce qu'il compliquait leur entrée au Walhalla. Ce point de vue ne repose sur aucune preuve.

Cependant, pour Ibn Fadlan, avec sa grande érudition, l'idée de cannibalisme peut avoir signifié des difficultés dans l'au-delà. Le Mangeur de morts est un être bien connu de la mythologie égyptienne : c'est un monstre redoutable à tête de crocodile, à corps de lion et à dos d'hippopotame. Le Mangeur de morts dévore les méchants après qu'ils ont été jugés.

Il vaut la peine de se rappeler que pendant la plus grande partie de l'histoire de l'homme, le cannibalisme rituel, sous une forme ou sous une autre, pour une raison ou pour une autre, n'était ni rare ni extraordinaire. Il semblerait que l'homme de Pékin aussi bien que celui du Néanderthal aient été cannibales. De même l'étaient à certaines périodes les Scythes, les Chinois, les Irlandais, les Péruviens, les Mayorunas, les Jagas, les Égyptiens, les aborigènes australiens, les Maoris, les Grecs, les Hurons, les Iroquois, les Pawnees et les Ashantis.

À l'époque où Ibn Fadlan était en Scandinavie, des marchands arabes qui voyageaient en Chine rapportèrent que, sur les marchés chinois, on vendait ouvertement et légalement de la viande humaine sous l'appellation « mouton à deux pattes ». Selon Martinson, les Normands trouvaient le cannibalisme des wendols répugnant parce qu'ils croyaient que la chair des guerriers était donnée à des femmes et, notamment, à la mère des wendols. Là aussi il s'agit d'une hypothèse, mais il est vrai que cela rendrait la mort d'un guerrier nordique plus honteuse.

brouillard noir. De temps à autre, il arrive que des guerriers à cheval chassent un cerf avec des chiens. Ils le poursuivent par-dessus collines et vallons, sur des lieues et des lieues de forêts et de terrain découvert. Puis le cerf parvient à quelque lac marécageux ou à un marais verdâtre et, là, il s'arrête, préférant se laisser déchirer par les chiens plutôt que de pénétrer sur ce territoire répugnant. C'est ainsi que nous connaissons les contrées où vivent les wendols et nous savons que même les animaux refusent d'y entrer. »

Quand le vieux seigneur se tut, je manifestai un étonnement exagéré afin de lui soutirer d'autres renseignements. À ce moment, Herger m'aperçut et me lança un regard menaçant, mais je ne lui prêtai aucune attention.

Le vieillard reprit : « Autrefois, tous les Normands, de toutes les régions, avaient peur du brouillard noir. Depuis mon père, son père et le père de celui-ci, personne n'a jamais plus vu le brouillard noir. Quelques-uns des jeunes guerriers nous traitaient même de vieux radoteurs quand nous nous rappelions ces anciennes histoires d'horreur et de déprédations. Cependant, les chefs des Normands dans tous les royaumes, même en Norvège, ont toujours été prêts pour le retour du brouillard noir. Toutes nos villes et toutes nos forteresses sont protégées et défendues du côté de la terre. Depuis l'époque du père du père de mon père, nos peuples ont agi ainsi et jamais nous n'avons vu le brouillard noir. Maintenant, il est revenu. »

Je lui en demandai la raison. Pour me répondre, le vieillard baissa la voix : « Le brouillard noir est dû à la vanité et à la faiblesse de Rothgar qui a offensé les dieux par sa splendeur folle et tenté les démons avec l'emplacement de sa grand-salle qui n'est pas protégée du côté de la terre. Rothgar est vieux. Il sait qu'on ne se souviendra pas de lui à cause de batailles livrées et gagnées. Aussi a-t-il construit cette salle somptueuse, célèbre dans le monde entier, et qui flatte sa vanité. Rothgar agit comme un dieu, alors qu'il n'est qu'un homme. Les dieux lui ont envoyé le brouillard noir pour l'abattre et lui enseigner l'humilité. »

Je dis au vieil homme qu'il y avait peut-être, dans le royaume, des gens qui en voulaient à Rothgar. Il répliqua : « Aucun homme n'est si bon qu'on ne puisse rien lui imputer de mauvais, ni si mauvais qu'il ne vaille absolument rien. Rothgar n'est qu'un roi et ses sujets ont prospéré sous lui. La sagesse et la richesse de son règne se trouvent ici, dans la salle Hurot : elles sont immenses. La seule faute qu'il ait commise, c'est d'avoir oublié la défense. Nous avons une maxime qui dit : " Un homme ne doit jamais s'éloigner d'un pas de ses armes." Rothgar n'a pas d'armes. Il est édenté et faible. Et le brouillard noir déferle sur la terre. »

Je voulais en savoir plus, mais le vieillard était fatigué : il se détourna et ne tarda pas à s'endormir. En vérité, l'hospitalier Rothgar dispensait nourriture et boisson en abondance et grand nombre de ses nobles somnolaient.

De la table du roi, je dirai ceci : chaque convive avait une nappe, une assiette, une cuiller et un couteau. Le repas était composé de porc et de chèvre bouillis et aussi de poisson, car les Normands préfèrent le bouilli au rôti. Il y avait aussi de grandes quantités de chou, d'oignons, de pommes et de noisettes. On me servit une viande au goût légèrement sucré que je n'avais encore jamais mangée : on me dit que c'était de l'élan ou du renne.

L'ignoble boisson appelée hydromel est faite de miel, puis fermentée. C'est le liquide le plus aigre, le plus noir et le plus infect qui ait jamais été inventé par l'homme, pourtant il est plus fort que tout ce qu'on peut imaginer : quelques coupes, et le monde se met à tourner. Mais je ne bus pas, qu'Allah soit loué !

Je remarquai que Buliwyf et ses hommes ne buvaient pas cette nuit-là, ou très peu, et que Rothgar, au lieu de s'en offenser, semblait trouver cela tout naturel. Il n'y avait pas de vent. Les bougies et les flammes de la salle Hurot ne vacillaient pas. Pourtant, il faisait froid et humide. De mes propres yeux je vis que, dehors, le brouillard arrivait des collines, arrêtant la lumière argentée de la lune, couvrant tout d'un noir manteau.

Plus tard, le roi Rothgar et la reine se retirèrent pour dormir. On ferma et on barricada les lourdes portes de la salle. Les nobles qui restèrent là sombrèrent dans un sommeil d'ivrogne et ronflèrent bruyamment.

Puis Buliwyf et ses hommes, toujours vêtus de leurs armures, parcoururent la salle. Ils éteignirent les chandelles et arrangèrent les bûches pour les faire brûler d'une flamme moins vive. Quand j'en demandai la raison à Herger, celui-ci me conseilla en réponse de prier pour ma vie et de feindre le sommeil. On me donna une arme, une courte épée, mais elle ne m'était que d'un faible réconfort : je ne suis pas un guerrier et ne le sais que trop bien.

En vérité, tous les hommes feignirent de sommeiller. Buliwyf et ses guerriers rejoignirent les corps endormis des nobles de Rothgar qui ronflaient pour de bon. Combien de temps nous attendîmes, je l'ignore, car je dus m'assoupir un moment. Puis, soudain, je fus éveillé et sur le qui-vive d'une manière peu naturelle ; au lieu d'être ensommeillé, je me sentis instantanément alerte et tendu. J'étais toujours couché sur une peau d'ours, sur le plancher de la grand-salle. Il faisait nuit noire ; les chandelles brûlaient faiblement et une légère brise traversait la salle, agitant les flammes jaunes.

Puis j'entendis, apporté par le vent, un grognement sourd, comme un porc en train de fouger, et je sentis une odeur fétide pareille à celle d'une carcasse pourrissant depuis un mois. Alors je fus saisi d'une peur intense. Ce bruit de bête, qui fouille la terre de son groin, car je ne puis le décrire autrement, ce grommellement, ou grognement, augmenta d'intensité, devint de plus en plus excité. Il venait de l'extérieur, d'un côté de la salle. Puis je l'entendis d'un autre côté, puis encore d'un autre, et encore d'un autre. En vérité, nous étions encerclés.

Je me redressai sur un coude, le cœur battant, et regardai autour de moi. Parmi les guerriers endormis, personne ne bougea. Pourtant, je vis Herger couché avec les yeux grands ouverts. Et là, Buliwyf, ronflant, avec les yeux ouverts, lui aussi. J'en conclus que toute la troupe attendait de se battre avec les wendols dont les cris, maintenant, emplissaient l'air.

Par Allah, il n'y a pas de peur plus grande que celle d'un homme qui n'en connaît pas la cause. Que de temps restai-je étendu sur cette peau d'ours, à écouter les grognements des wendols et à sentir leur puanteur ! Que de temps attendis-je je ne savais quoi, le début de quelque bataille plus effrayante à imaginer qu'elle ne pouvait l'être à livrer! Je me rappelai ceci : les Normands ont un éloge qu'ils gravent sur les pierres tombales des nobles guerriers : « Il n'a point fui le combat. » Aucun membre de la troupe de Buliwyf ne fuit cette nuit-là, en dépit des sons et de l'odeur, tantôt forts, tantôt faibles, tantôt ici et tantôt là, qui les entouraient. Ils attendirent.

Puis vint le moment le plus effrayant. Tous les bruits cessèrent. Un silence total s'établit que seuls brisaient le ronflement des hommes et le faible crépitement des flammes. Mais les guerriers de Buliwyf ne bougeaient toujours pas.

Puis des coups violents ébranlèrent les lourdes portes de la salle Hurot. Celles-ci s'ouvrirent brusquement. Un courant d'air nauséabond éteignit toutes les lumières et le brouillard noir pénétra dans la pièce. Je ne les comptai point. En vérité, il semblait y avoir des milliers de formes noires grognantes, et pourtant, il n'y en avait peut-être que cinq ou six, d'énormes formes noires à peine semblables à des hommes, avec toutefois quelque chose d'humain. L'air empestait le sang et la mort. J'avais froid au-delà de toute raison et frissonnais. Aucun guerrier n'avait encore bougé.

Alors, avec un cri à vous glacer le sang et à réveiller les morts, Buliwyf bondit sur ses pieds. Dans ses bras, il agitait l'épée géante Runding qui, en fendant l'air, chantait comme une flamme pétillante. Tous les guerriers bondirent sur leurs pieds en même temps et se jetèrent dans la bataille. Les cris des hommes se mêlaient aux grognements de porc et l'odeur de brouillard noir envahissait la pièce. Et, dans la salle Hurot, il n'y eut plus que terreur, confusion et saccage.

Pour ma part, je répugnais à me battre, mais fus attaqué par un de ces monstres du brouillard qui s'approcha de moi. J'aperçus des yeux rouges et luisants. En vérité, j'aperçus des yeux qui brillaient comme le feu et je sentis une odeur pestilentielle. Le démon me souleva physiquement et me lança à travers la pièce comme un enfant lance un caillou. Je heurtai le mur et tombai à terre. J'en restai étourdi pendant un moment, de sorte que tout était plus confus que réel autour de moi.

Je me souviens avec la plus grande netteté du contact de ces monstres, surtout de l'aspect velu de leur corps ; ils ont des poils aussi longs et aussi épais qu'un chien poilu, sur toutes les parties de leur personne. Et je me souviens de l'haleine fétide de celui qui me lança contre le mur.

La bataille fit rage pendant je ne sais combien de temps, mais elle se termina brusquement en un instant. Puis le brouillard noir s'évanouit en grognant, haletant et puant, laissant derrière lui la destruction et la mort ; nous ne mesurâmes l'étendue de la lutte qu'après avoir allumé de nouvelles chandelles.

Voici l'issue de la bataille ; parmi les hommes de Buliwyf, il y avait trois morts : Roneth et Halga, tous deux des nobles, et Edgtho, un guerrier. Le premier avait la poitrine déchirée, le second, la colonne vertébrale brisée. Le troisième avait la tête arrachée de la manière que j'avais déjà vue auparavant. Tous ces guerriers étaient bel et bien morts et trépassés.

Deux autres étaient blessés : Haltaf et Rethel. Haltaf avait perdu une oreille et Rethel, deux doigts de la main droite. Aucun des deux hommes n'était mortellement atteint ni ne se plaignait : les Normands ont coutume de supporter les blessures reçues au combat avec sérénité et d'apprécier par-dessus tout le fait d'avoir conservé la vie.

Quant à Buliwyf, Herger et tous les autres, ils étaient couverts de sang comme s'ils s'étaient baignés dedans. Et maintenant je dirai une chose que beaucoup d'entre vous ne croiront pas et qui est pourtant vraie : nous n'avions tué aucun des monstres du brouillard. Tous s'étaient glissés dehors et, même si quelques-uns étaient mortellement blessés, ils avaient réussi à s'enfuir.

Herger dit : « J'ai vu deux d'entre eux en porter un troisième qui était mort. » Ça devait être vrai car tous semblèrent d'accord là-dessus. J'appris que les monstres du brouillard n'abandonnent jamais un des leurs à la société des hommes, qu'ils préfèrent risquer leur vie pour soustraire le corps d'un de leurs semblables à la vue des humains. De même, ils se donneront beaucoup de mal pour conserver la tête d'une de leurs victimes. Nous ne retrouvâmes la tête d'Edgtho nulle part : les monstres l'avaient emportée.

Puis Buliwyf parla et Herger me traduisit ses paroles : « Regardez, j'ai gardé un trophée des actions sanglantes de cette nuit. Voici le bras d'un des démons. »

Et, fidèle à sa parole, Buliwyf exhiba le bras d'un des monstres du brouillard, coupé à l'épaule par la grande épée Runding. Tous les guerriers se pressèrent autour pour l'examiner. Voici comment je le vis : il paraissait petit, avec une main anormalement grande. En comparaison, et malgré une puissante musculature, l'avant-bras et le haut du bras étaient disproportionnés. Le membre était entièrement recouvert de longs poils noirs emmêlés, à part la paume de la main. Enfin il faut dire que, comme la bête tout entière, le bras dégageait l'odeur fétide du brouillard noir.

Alors les guerriers acclamèrent Buliwyf et son épée Runding. Le bras du démon fut suspendu aux chevrons de la grand-salle Hurot et admiré par tous les habitants du royaume de Rothgar. Ainsi prit fin la première bataille contre les wendols.

Les événements qui suivirent la première bataille

En vérité, les habitants du pays du Nord n'agissent jamais comme des êtres humains raisonnables et sensés. Après que Buliwyf et ses hommes, dont j'étais, eurent repoussé l'attaque des monstres du brouillard, les sujets de Rothgar ne firent absolument rien.

Il n'y eut ni célébration, ni festoiement, ni jubilation ou manifestation de joie. Des gens vinrent de tous les coins du royaume voir le bras pendant du monstre accroché dans la grand-salle et accueillirent ce spectacle avec étonnement. Quant à Rothgar lui-même, ce vieil homme à demi aveugle, il n'exprima aucun plaisir et n'organisa aucune fête ; il n'offrit à Buliwyf et à sa troupe ni présents, ni esclaves, ni argent, ni vêtements précieux, ni tout autre honneur.

Au lieu d'exprimer le contentement, il faisait au contraire une triste et solennelle figure. Il semblait encore plus effrayé qu'avant. Pour ma part, bien que je n'en soufflasse mot à personne, je le soupçonnai de regretter la situation dans laquelle il se trouvait avant la défaite du brouillard noir.

Buliwyf ne se comporta guère autrement. Il ne demanda ni cérémonies, ni fête, ni boisson, ni banquet. Les nobles qui étaient morts vaillamment au combat de la nuit furent rapidement placés dans des trous recouverts d'un toit en bois et laissés là pour les dix jours prescrits. Les hommes mirent une certaine hâte dans l'exécution de cette tâche.

Ce n'est qu'en couchant les guerriers morts dans leurs tombes que Buliwyf et ses camarades manifestèrent de la joie ou se permirent de sourire. Après avoir passé plus de temps parmi les Normands, j'appris que toute mort au combat les fait sourire car ils se réjouissent pour le défunt, non pour les vivants. Ils sont contents quand un homme meurt de la mort d'un guerrier. Le contraire est également vrai pour eux : ils se désolent quand un homme meurt dans son sommeil ou dans un lit. D'un tel homme, ils disent : « Il est mort comme une vache dans la paille. » Ce n'est pas une insulte, mais une raison pour déplorer la mort.

Les Normands croient que la façon dont meurt un homme détermine sa condition dans l'au-delà. Ils placent la mort d'un guerrier à la bataille par-dessus tout. Une « mort dans la paille » est honteuse.

Selon eux, tout homme qui meurt dans son sommeil a été étranglé par la maran ou cavale de la nuit. Cet être est une femme, ce qui rend une telle mort si honteuse, car mourir des mains d'une femme est ce qu'il y a de plus dégradant.

Mourir sans armes est aussi considéré comme dégradant. Un Normand dort toujours avec ses armes, de sorte que si la maran arrive la nuit, il a ses armes sous la main. Il est rare qu'un guerrier meure de maladie ou de faiblesse due à l'âge. J'entendis parler d'un roi, nommé Ane, qui vécut si vieux qu'il redevint pareil à un nourrisson : édenté et s'alimentant comme un petit enfant. Il passait ses journées au lit à boire du lait dans une corne. Ceci me fut toutefois rapporté comme un fait inhabituel au pays du Nord. De mes propres yeux, je vis très peu d'hommes devenus vraiment vieux, je veux dire par là, qui avaient atteint un âge où non seulement la barbe est blanche, mais où elle tombe du menton et du visage.

Bon nombre de leurs femmes en revanche atteignent un âge avancé, comme, principalement, celles qu'ils appellent les anges de la mort. Ils pensent que ces vieilles ont des pouvoirs magiques pour guérir les blessures, jeter des sorts, bannir les mauvaises influences et prévoir les événements futurs.

Les femmes du Nord ne se battent pas entre elles et je les vis souvent intervenir dans une querelle ou dans un duel entre deux hommes pour apaiser leur colère grandissante. Elles le feront surtout si les guerriers sont alourdis et ralentis par la boisson, ce qui est souvent le cas.

Or à ce moment-là, ces Normands qui boivent beaucoup d'alcool, et ce à toute heure du jour et de la nuit, ne burent rien le jour qui suivit la bataille. Les gens de Rothgar leur offraient rarement une coupe et, quand ils le faisaient, la coupe était refusée. Je trouvai cela fort déroutant. Je finis par en parler à Herger.

Celui-ci haussa les épaules, geste qui, chez les Normands, traduit l'insouciance ou l'indifférence. « Tout le monde a peur », répondit-il.

Je lui demandai quelles raisons ils avaient encore de craindre. Herger répondit : « Ils savent que le brouillard noir reviendra. »

J'avoue que j'étais gonflé de l'arrogance du combattant, et pourtant je savais que rien ne justifiait pareille attitude. Néanmoins, je me sentais heureux d'avoir survécu et les gens de Rothgar me traitaient comme l'un des membres de la troupe de puissants guerriers. Je dis avec hardiesse : « Qu'est-ce que cela peut faire ? S'il revient, nous le battrons encore une fois. »

En vérité, j'étais vain comme un jeune coq, et de repenser à mon outrecuidance me rend tout confus à présent. Herger répondit : « Rothgar n'a ni guerriers ni seigneurs en état de se battre : ils sont tous morts depuis longtemps et nous devons défendre seuls son royaume. Hier, nous étions treize. Aujourd'hui, nous sommes dix et, sur ces dix, deux sont blessés et incapables de se battre comme des hommes entiers. Le brouillard noir est irrité ; il exercera une terrible vengeance. »

Je dis à Herger, qui avait reçu quelques petites blessures au combat – mais rien d'aussi grave que les marques de griffe que je portais fièrement sur ma figure –, que je ne craignais rien de ce que feraient les démons.

Il répliqua sèchement que j'étais un Arabe qui ne comprenait rien aux choses du pays du Nord. La vengeance du brouillard noir serait terrible et profonde. « Ils reviendront sous la forme d'un Korgon. »

J'ignorais ce que signifiait ce mot. « Qu'est-ce qu'un Korgon ?

– Un dragon-luciole qui fond sur vous des airs. »

Cela me parut invraisemblable, mais j'avais déjà vu les monstres marins au moment où les guerriers normands me disaient que de telles bêtes existaient. En outre, je m'aperçus que Herger était las et tendu, et je compris qu'il croyait en ce dragon-luciole. Je demandai : « Quand viendra-t-il ?

– Cette nuit, peut-être », répondit mon compagnon.

En vérité, tandis qu'il parlait, je vis que Buliwyf – bien qu'il n'eût point dormi de la nuit et eût les yeux rouges et lourds de fatigue – était de nouveau en train de diriger la construction de fortifications autour de la salle Hurot. Tous les gens du royaume y travaillaient : les enfants, les femmes, les vieillards, de même que les esclaves.

Voici ce qu'ils firent : tout autour du Hurot et des bâtiments adjacents – les demeures du roi Rothgar et de certains de ses nobles, les huttes grossières des esclaves de ces familles et celles d'un ou deux fermiers qui vivaient le plus près de la mer –, tout autour de cet espace, donc, Buliwyf érigea une sorte de palissade faite de lances croisées et de pieux aiguisés. Cette palissade n'était pas plus haute que des épaules d'hommes, et, bien que les pointes en fussent aiguës et menaçantes, je ne voyais point la valeur de cet ouvrage car un homme pouvait l'escalader facilement.

J'en parlai à Herger qui me traita de stupide Arabe : il était de fort mauvaise humeur.

Puis on construisit une autre défense : un fossé à l'extérieur de la palissade de pieux, à un pas et demi au-delà. C'était un fossé curieux : peu profond, jamais plus qu'un genou d'homme et souvent moins. Creusé inégalement, il présentait des endroits peu profonds et d'autres, profonds avec de petits trous. À d'autres endroits, de courtes lances étaient enfoncées dans la terre, pointe en haut.

La valeur de ce méchant fossé m'était tout aussi incompréhensible que celle de la palissade, mais je m'abstins de questionner Herger, connaissant son humeur. Au lieu de cela, j'aidai à la tâche du mieux que je pus et ne m'arrêtai qu'une fois pour posséder une esclave à la manière des Normands car, avec l'excitation du combat de la nuit et celle des préparatifs du jour, je me sentais plein d'énergie.

Or, durant mon voyage sur la Volga avec Buliwyf et ses guerriers, Herger m'avait conseillé de me méfier des femmes inconnues, surtout si elles étaient attirantes et séduisantes. Il m'avait expliqué que dans les forêts et les régions sauvages du pays du Nord vivaient des femmes appelées « femmes des bois ». Elles charment les hommes par leur beauté et leurs douces paroles, mais, lorsqu'on s'en approche, on découvre qu'elles sont creuses par-derrière et de pures apparitions. Alors elles jettent un sort à l'homme séduit qui devient leur prisonnier.

Herger m'avait donc prévenu et, en vérité, j'approchai de cette esclave avec émoi, ne la connaissant pas. Je passai ma main sur son dos, ce qui la fit rire, car elle connaissait la raison de mon geste : m'assurer qu'elle n'était pas un esprit des bois. À ce moment, je me sentis parfaitement ridicule et me maudis d'avoir ajouté foi à une superstition païenne. J'ai toutefois découvert que lorsque votre entourage croit en une certaine chose, vous serez bientôt tenté de partager sa croyance. Et c'est ce qui m'arriva.

Les femmes nordiques sont aussi pâles que les hommes et tout aussi grandes : la plupart d'entre elles voyaient le dessus de ma tête. Elles ont les yeux bleus et portent leurs cheveux très longs. Comme ceux-ci sont très fins et s'emmêlent facilement, elles les rassemblent sur leurs nuques et sur leurs têtes. Pour ce faire, elles ont confectionné pour elles-mêmes toutes sortes de barrettes et d'épingles en argent ou en bois ouvragé. C'est là leur principal ornement. L'épouse d'un homme riche porte également des colliers d'or et d'argent, comme je l'ai dit auparavant. Les femmes aiment aussi les bracelets en argent ayant la forme d'un dragon ou d'un serpent ; elles les portent sur le bras, entre le coude et l'épaule. Les dessins des Normands sont compliqués et entrelacés comme s'ils voulaient représenter l'entrecroisement de branches d'arbres ou de serpents ; ils sont très beaux [1].

Les Normands se considèrent comme d'excellents juges en matière de beauté féminine. Mais, en vérité, à mes yeux, toutes leurs femmes étaient décharnées, leurs corps tout en angles et bosselés par des os ; leurs figures aussi sont osseuses et leurs pommettes, hautes. Les Normands apprécient et louent ces qualités. Une telle femme, pourtant, n'attirerait pas un regard dans la Cité de la Paix : on ne la considérerait guère plus qu'un chien affamé aux côtes saillantes. Les côtes des Normandes saillent exactement de la même façon.

J'ignore pourquoi ces femmes sont si maigres : elles mangent abondamment, autant que les hommes, et pourtant elles n'engraissent pas.

Également, les femmes ne montrent ni déférence ni réserve ; elles ne se voilent jamais et se soulagent en public, selon leur besoin. De même, elles feront des avances effrontées à tout homme qui leur plaît, comme si elles étaient elles-mêmes des hommes. Les guerriers

1. Surtout pour un Arabe. L'art religieux islamique tend en effet à être non représentatif et, en qualité, similaire à beaucoup d'œuvres d'art scandinaves qui semblent souvent favoriser le dessin pur. Cependant, les Normands représentaient aussi souvent les dieux puisque cela ne leur était pas interdit.

ne les réprimandent jamais pour cette conduite, même s'il s'agit d'une esclave : comme je l'ai déjà dit, les Normands sont très bons et indulgents avec leurs esclaves, surtout avec les esclaves de sexe féminin.

Alors qu'avançait le jour, je vis clairement que Buliwyf n'aurait pas terminé ses fortifications à la tombée de la nuit, ni la palissade de pieux, ni le fossé. Buliwyf le vit aussi et il appela le roi Rothgar, qui fit venir la vieille femme. Celle-ci, qui était toute ridée et avait une barbe d'homme, tua un mouton dont elle répandit les entrailles [1] sur le sol. Elle chanta diverses mélopées, qui durèrent une éternité, avec maintes supplications au ciel.

Je ne posai toujours pas de questions à Herger en raison de son humeur. Au lieu de cela, je regardai les autres guerriers de Buliwyf qui contemplaient la mer. L'océan était gris et agité, le ciel livide, mais une forte brise soufflait vers la terre. Cela remplit les guerriers de satisfaction. J'en devinai la raison : une brise de mer vers la terre empêcherait le brouillard de descendre des collines. C'était vrai.

À la tombée de la nuit, on interrompit les travaux de fortification et, à ma grande perplexité, Rothgar donna un autre somptueux banquet. Ce soir-là, pendant que je me contentais de regarder, Buliwyf, Herger et tous les autres guerriers burent beaucoup d'hydromel et festoyèrent comme s'ils n'avaient pas le

1. [illegible] : littéralement « veines ». La phrase arabe a mené à quelques erreurs. E.D. Graham, par exemple, a écrit que « les Vikings prédisaient l'avenir au moyen d'un rituel qui consistait à couper les veines d'un animal et à les répandre sur le sol ». Ceci est très probablement faux. La phrase arabe pour nettoyer un animal est « couper les veines » et, ici, Ibn Fadlan se référait à la pratique divinatoire très répandue qui consiste à examiner les entrailles.

moindre souci au monde. Ils possédèrent des esclaves, puis tous tombèrent dans un sommeil profond et bruyant.

J'appris également ceci : chacun des hommes de Buliwyf avait choisi parmi les esclaves une femme qui lui plaisait particulièrement, tout en n'excluant pas les autres. Dans son ivresse, Herger me dit de l'esclave qu'il avait élue : « Si besoin est, elle mourra avec moi. » J'en déduisis que chacun des guerriers avait sélectionné une femme qui mourrait pour lui sur le bûcher funéraire. Cette femme, ils la traitaient avec plus de courtoisie et d'attention que les autres ; car ils étaient des visiteurs dans ce pays et n'avaient pas d'esclaves personnelles auxquelles la famille aurait pu ordonner d'exécuter leurs volontés.

Or, au début de mon séjour chez les Venden, les Normandes ne s'approchaient pas de moi en raison de la noirceur de ma peau et de mes cheveux, mais je provoquais chez elles beaucoup de chuchotements, de regards lancés dans ma direction et de gloussements. Je vis ces femmes non voilées se voiler de temps à autre la figure de leurs mains, surtout quand elles riaient. J'avais alors demandé à Herger : « Pourquoi font-elles cela ? » car je ne voulais pas que ma conduite fût contraire aux usages du Nord.

Herger me répondit : « Les femmes croient que les Arabes sont pareils à des étalons : c'est une rumeur qu'elles ont entendue. » Cela ne me surprit guère, et voici pourquoi : dans tous les pays que j'ai visités, de même que dans l'enceinte de la Cité de la Paix, en fait partout où des hommes s'assemblent et créent une société, j'ai appris les vérités suivantes. D'abord, que les habitants d'un certain pays jugent leurs coutumes bonnes et convenables et meilleures que toutes les autres. Ensuite, qu'un étranger, homme ou femme, est considéré comme inférieur en tout, sauf en matière de sexualité. Ainsi, les Turcs croient que les Perses sont des amants doués; les Perses ont une crainte respectueuse des gens à peau noire; ceux-ci l'ont, à leur tour, d'un autre peuple, et ainsi de suite. Parfois la raison donnée est la dimension des parties génitales, parfois l'endurance pendant l'acte, et parfois une habileté ou des poses spéciales.

Je ne saurais dire si les Normands croyaient vraiment cela, comme l'affirmait Herger, mais je découvris en effet que je les étonnais beaucoup en vertu de mon opération [1] dont la pratique est inconnue à ces païens malpropres. Dans l'union charnelle, ces femmes sont bruyantes et énergiques; elles dégagent une telle odeur que je fus obligé de retenir ma respiration pendant la durée du coït; elles ont aussi l'habitude de se cabrer, de se tortiller, de griffer et de mordre, de sorte qu'un homme peut s'en trouver désarçonné, comme disent les Normands. Pour moi, toute l'affaire fut davantage une épreuve qu'un plaisir.

Les Normands disent de l'accouplement : « J'ai combattu avec telle ou telle femme », et, devant leurs camarades, ils exhibent des marques bleues et des égratignures comme si c'étaient de véritables blessures de guerre. Cependant, pour autant que je sache, les hommes ne faisaient jamais de mal aux femmes.

Or, cette nuit, alors que les guerriers de Buliwyf dormaient, j'avais trop peur pour boire ou pour rire : je redoutais le retour des wendols. Ils ne revinrent point,

1. Circoncision.

toutefois, et je finis par m'endormir aussi, mais d'un sommeil agité.

Or, le lendemain, il n'y eut pas de vent, et tous les habitants du royaume travaillèrent avec crainte et dévouement. On ne parlait que du Korgon ; tous paraissaient certains qu'il attaquerait cette nuit. Les égratignures sur mon visage me gênaient à présent car elles pinçaient en cicatrisant et me faisaient mal chaque fois que j'ouvrais la bouche pour manger ou pour parler. Il est vrai aussi que mon ardeur guerrière m'avait quitté. J'avais de nouveau peur et travaillais en silence auprès des femmes et des vieillards.

Vers le milieu de la journée, je reçus la visite du vieux seigneur édenté avec lequel j'avais conversé dans la salle de banquet. Quand il m'eut trouvé, il me dit en latin : « Je voudrais te parler. » Il m'entraîna à quelques pas des gens qui travaillaient aux fortifications.

Là, il fit mine d'examiner mes blessures qui, en fait, n'étaient pas graves, et, tandis qu'il les examinait, il me dit : « Je viens avertir votre troupe. Un conflit habite le cœur de Rothgar. » Ceci, il le dit en latin.

« Le héraut, et aussi le fils, Wiglif, qui ont l'oreille du roi. Et aussi l'ami de Wiglif. Wiglif a dit à Rothgar que Buliwyf et ses hommes voulaient tuer le roi et régner à sa place.

– C'est un mensonge », répondis-je, bien que je n'en fusse pas sûr. En vérité, j'avais pensé de temps à autre à cette question. Buliwyf était jeune et vigoureux, Rothgar, vieux et faible, et, s'il est vrai que les Normands ont des mœurs étranges, il est tout aussi vrai que les hommes sont pareils partout.

« Le héraut et Wiglif jalousent Buliwyf, fit le vieux noble. Ils empoisonnent l'air dans l'oreille du roi. Je te dis tout ceci pour que tu puisses recommander aux autres d'être prudents, car c'est une véritable histoire de basilic. » Ensuite, il décréta que mes blessures étaient légères et tourna les talons.

Il revint encore une fois pour me dire : « L'ami de Wiglif s'appelle Ragnar », puis il s'en alla derechef sans se retourner vers moi.

La mort dans l'âme, je creusai et travaillai aux défenses jusqu'au moment où je me trouvai près de Herger. Il était d'aussi mauvaise humeur que la veille. Il m'accueillit par ces mots : « Je ne veux pas entendre les questions d'un sot. »

Je lui répondis que je n'avais pas de questions et lui rapportai ce que m'avait dit le vieux noble, ajoutant qu'il s'agissait d'une véritable histoire de basilic [1]. Là-dessus, Herger s'assombrit, jura, tapa du pied et me demanda de l'accompagner chez Buliwyf.

Buliwyf dirigeait les travaux du fossé, de l'autre côté du camp. Herger le prit à part et lui parla rapidement en norois, me désignant de temps à autre. Buliwyf s'assombrit, jura et tapa du pied tout comme l'avait fait Herger, puis il posa une question. Herger me dit :

---

1. Ibn Fadlan ne décrit pas le basilic : il semble penser que ses lecteurs connaissent ce reptile mythologique qui apparaît déjà très tôt dans les croyances de presque toutes les cultures occidentales. C'est généralement une sorte de coq à queue de serpent et à huit pattes ; il est parfois recouvert d'écailles au lieu de plumes. Dans tous les cas, son regard est toujours mortel, comme celui d'une Gorgone, et son venin particulièrement fatal. Selon certains récits, une personne qui poignarde un basilic verra le venin monter le long de l'épée jusqu'à sa main. Pour sauver son corps, elle sera alors obligée de se couper la main.

C'est probablement à cause de cet aspect de son danger que le basilic est mentionné ici. Le vieux noble fait comprendre à Ibn Fadlan qu'une confrontation directe avec les fomentateurs de troubles ne résoudra pas le problème. Détail intéressant : une des façons de se débarrasser d'un basilic est de lui montrer son reflet dans un miroir : son propre regard le tuera.

« Buliwyf demande qui est l'ami de Wiglif. Le vieillard te l'a-t-il dit ? »

Je répondis par l'affirmative et ajoutai que cet ami portait le nom de Ragnar. Là-dessus, Herger et Buliwyf parlèrent de nouveau entre eux et discutèrent brièvement, puis Buliwyf s'éloigna, me laissant avec Herger. « C'est décidé, fit celui-ci.

– Qu'est-ce qui est décidé ?

– Serre les dents », ordonna mon compagnon, ce qui est une expression nordique pour vous enjoindre de vous taire.

Je retournai donc à ma tâche, plus perplexe encore que je ne l'avais été au début de cette affaire. Une fois de plus, je me dis que ces Normands étaient les êtres les plus curieux et les plus contradictoires de la terre car ils ne se conduisent en rien comme on s'attendrait à ce que se conduisent des gens sensés. Je n'en travaillai pas moins à leur ridicule palissade et à leur faux fossé. J'observais et attendais.

À l'heure de la prière de l'après-midi, je vis que Herger avait pris position près d'un grand et solide jeune homme. Tous deux travaillèrent côte à côte dans le fossé pendant quelque temps. J'eus l'impression que Herger se donnait beaucoup de mal pour envoyer de la terre dans la figure du jeune homme qui, en vérité, dépassait Herger d'une tête et était également plus jeune que lui.

Le jeune homme protesta et Herger s'excusa, mais peu après, il recommença son manège. Derechef, il s'excusa. Le jeune était furieux et tout rouge. Peu de temps s'écoula avant que Herger lançât de nouveau de la terre. Le jeune homme toussa et cracha et se mit dans une colère extrême. Il se tourna vers Herger et se mit à crier. Plus tard, Herger me traduisit leur conversation, bien que le sens en fût assez clair sur le moment.

Le jeune homme dit : « Tu creuses comme un chien. »

En réponse, Herger fit : « Me traites-tu de chien ? »

À cela, le jeune homme répondit : « Non. Je dis que tu creuses comme un chien, en lançant [1] de la terre partout, comme un animal.

---

1. ضاربا en arabe et, dans les textes en latin, *verbera*. Ces deux mots signifient « flagellant » ou « fouettant » et non pas « lançant » comme on les traduit habituellement. On pense que Ibn Fadlan a utilisé la métaphore « lançant » avec le mot « terre » pour souligner l'énormité de l'insulte, qui est assez claire, de toute façon. Cependant, il nous a peut-être transmis, consciemment ou inconsciemment, une attitude typiquement scandinave envers les insultes.

Un autre Arabe, qui visita la ville de Hedeby en 950 après J.-C., dit ceci des Scandinaves : « Ils ont une attitude très curieuse envers le châtiment. Ils n'ont que trois peines pour les malfaiteurs. La première, et la plus redoutée, c'est le bannissement de la tribu. La seconde, c'est d'être vendu comme esclave et, la troisième, la mort. Les femmes qui se conduisent mal sont vendues comme esclaves. Les hommes préfèrent toujours la mort. Le fouet est inconnu chez les Normands. »

Un historien, l'ecclésiastique Adam de Brême, ne partage pas exactement cette opinion. En 1075, il écrit : « Quand une femme a été convaincue d'infidélité, elle est vendue immédiatement, mais quand un homme est jugé coupable de trahison ou de tout autre crime, il préfère être décapité que fouetté. Comme forme de punition, ils ne connaissent que la hache ou l'esclavage. »

L'historien Sjögren attache une grande importance à l'affirmation d'Adam, à savoir que les hommes préfèrent être décapités que fouettés. Ceci tendrait, au contraire, à prouver que les Normands connaissaient le fouet ; mais, raisonne Sjögren, c'était très vraisemblablement un châtiment infligé aux esclaves. « Les esclaves étant un bien, il serait contraire au bon sens, d'un point de vue économique, de les tuer pour des délits mineurs. Pour les esclaves, le fouet était certainement une forme de punition acceptée. En conséquence, les guerriers devaient considérer cette peine comme dégradante puisqu'elle était réservée aux esclaves. » Sjögren affirme également

– Me traiterais-tu d'animal, alors ? fit Herger.

– Tu te méprends sur mes paroles, répond le jeune homme.

– Certes, dit Herger, car elles sont tordues et timorées comme celles d'une faible vieille.

– Cette vieille va te faire goûter la mort », s'écrie le jeune homme, et il tire son épée. Herger, alors, tire aussi la sienne, car le jeune homme n'était autre que Ragnar, l'ami de Wiglif. Et ainsi je vis quelles étaient les intentions de Buliwyf dans cette affaire.

Ces Normands sont extrêmement chatouilleux sur le point d'honneur. Ils se battent en duel aussi fréquemment qu'ils urinent et le combat à mort est pour eux chose courante. Celui-ci peut survenir sur le lieu de l'insulte ou, s'il doit être mené dans les règles, les adversaires se donnent rendez-vous au carrefour de trois routes. C'est de cette façon-là que Ragnar défia Herger.

---

que « tout ce que nous savons de la vie des Vikings indique une société fondée sur l'idée de honte, et non pas de culpabilité, comme pôle de conduite négatif. Les Vikings ne se sentaient jamais coupables, mais ils défendaient farouchement leur honneur et évitaient à tout prix de commettre un acte honteux. La soumission passive au fouet devait être vue comme la honte suprême, bien pire que la mort ».

Ces spéculations nous ramènent au manuscrit d'Ibn Fadlan et aux mots « fouettant avec de la terre », qu'il a choisis. Cet Arabe étant très rigoriste, on peut se demander si l'expression qu'il emploie reflète une attitude islamique. À ce point de vue, nous devrions nous rappeler que, même si le monde d'Ibn Fadlan se divisait en choses et en actes purs et impurs, la terre n'entrait pas forcément dans la deuxième catégorie. Au contraire : les musulmans procèdent au tayammum, ablutions avec de la poussière ou du sable quand ils ne peuvent le faire avec de l'eau. Pour Ibn Fadlan, des éclaboussures de terre ou de boue sur une personne n'avaient donc rien de particulièrement répugnant ; il eût été autrement plus troublé si on lui avait demandé de boire dans une coupe en or, ce qui était strictement interdit.

Or, voici la coutume normande : à l'heure convenue, les amis et les parents des duellistes se réunissent au lieu du combat et étendent une peau d'animal sur le sol. Ils la fixent avec quatre pieux en bois de laurier. Les adversaires doivent se battre sur cette dépouille, chacun d'eux gardant tout le temps un pied, ou les deux, sur la peau ; de toute façon, ils restent l'un près de l'autre. Les combattants arrivent chacun avec une épée et trois boucliers. Si les trois boucliers cassent, l'homme doit se battre sans protection, et le combat est à mort.

Telles étaient les règles, psalmodiées par la vieille femme l'ange de la mort, à l'endroit où était étendue la peau, avec tous les gens de Buliwyf et les gens du royaume de Rothgar assemblés autour. J'y étais moi-même assez loin du premier rang, et je m'étonnai de ce que tout le monde oubliât la menace du Korgon qui les avait tant terrifiés un peu plus tôt ; personne ne s'intéressait à quoi que ce fût, sauf au duel.

Voici comment se déroula le combat entre Ragnar et Herger. Comme il avait été défié, Herger frappa le premier. Son épée résonna avec fracas sur le bouclier de Ragnar. Pour ma part, j'avais peur pour Herger, le jeune homme étant tellement plus grand et plus fort que lui et, en effet, le premier coup que lui porta Ragnar mit son bouclier en pièces si bien qu'il dut demander qu'on lui donnât le second.

Puis ils se jetèrent l'un sur l'autre et s'affrontèrent avec âpreté. Je regardai une fois du côté de Buliwyf : sa figure était impassible ; et aussi Wiglif et le héraut, du côté opposé, qui regardait souvent Buliwyf pendant que la bataille faisait rage.

Le second bouclier de Herger vola également en éclats et le combattant demanda son troisième et dernier écu. Il était très las ; sa figure était rouge et humide d'effort. Le jeune Ragnar semblait se battre à l'aise, sans grand-peine.

Puis le troisième bouclier se brisa et Herger se trouva dans une situation désespérée, c'est du moins ce que je crus pendant un instant. Il se tenait les deux pieds rivés au sol, courbé, hors d'haleine, fourbu. C'est ce moment que choisit Ragnar pour l'attaquer. Alors Herger sauta de côté aussi vite qu'un battement d'aile et le jeune Ragnar plongea son épée dans le vide. Puis Herger jeta son arme d'une main dans l'autre – car les Normands se battent aussi bien avec la droite qu'avec la gauche et avec autant de vigueur. Rapidement il se tourna et, d'un seul coup d'épée, coupa la tête de Ragnar par-derrière.

En vérité, je vis le sang jaillir du cou de Ragnar et la tête voler à travers l'air jusque dans la foule. Et je vis de mes propres yeux la tête toucher terre avant le corps. Puis Herger s'écarta et je compris que le duel avait été un simulacre, car Herger ne haletait plus : il se campa devant nous sans le moins signe de fatigue et la poitrine en repos : il tenait son épée d'une main légère et on aurait dit qu'il pouvait encore tuer une douzaine d'hommes semblables. Il regarda Wiglif et lui dit : « Rends les honneurs à ton ami », voulant dire par là qu'il devait s'occuper des funérailles.

Alors que nous quittions le lieu du combat, Herger me dit qu'il avait usé d'un stratagème pour faire comprendre à Wiglif que les guerriers de Buliwyf étaient non seulement forts et vaillants, mais également rusés. « Cela lui inspirera une plus grande crainte, dit Herger. Maintenant, il n'osera plus nous calomnier. »

Je doutai de l'efficacité de son plan, mais il est vrai que les Normands estiment la tromperie plus que le plus trompeur des Khazars, que dis-je ? plus encore que le plus menteur des marchands de Bahrein pour lequel la tromperie est une forme d'art. L'habileté dans la bataille et les choses viriles est tenue pour une vertu plus grande que la force pure au combat.

Herger, pourtant, n'était pas heureux et je m'aperçus que Buliwyf ne l'était point non plus. À l'approche du soir, le brouillard commença à se former dans les hautes collines, à l'intérieur des terres. Je supposai qu'ils pensaient à Ragnar, qui avait été jeune, fort et vaillant, et qui aurait été utile dans le combat à venir. C'est ce que me dit Herger : « Un mort ne sert plus à rien. »

L'attaque de Korgon, le dragon-luciole

Maintenant, avec la tombée de la nuit, le brouillard descendait des collines, se faufilant comme des doigts autour des arbres, se répandant par-dessus les champs verts, jusqu'à la salle Hurot et les guerriers vigilants de Buliwyf. Là, on travaillait sans répit ; d'une source fraîche, on canalisa de l'eau pour remplir le fossé peu profond. C'est alors que je compris le sens de leur plan : l'eau dissimulait les pieux et les trous plus profonds, rendant ainsi le fossé traître et dangereux pour n'importe quel envahisseur.

En outre, les femmes de Rothgar puisèrent de l'eau, la portèrent dans des sacs en peau de chèvre et en arrosèrent la palissade, la demeure du roi et toutes les surfaces de la salle Hurot. De même, les guerriers de Buliwyf, dans leur armure, s'aspergèrent avec l'eau de la source. La nuit étant froide et humide, et prenant tout cela pour un rite païen, je priai qu'on m'en dispensât. En vain : Herger m'arrosa de la tête aux pieds comme les autres. Je me retrouvai trempé et frissonnant ; en vérité, le choc de l'eau froide me fit crier et j'exigeai qu'on me donnât la raison de ce geste. « Le dragon-luciole crache des flammes », répondit Herger.

Il m'offrit une coupe d'hydromel pour combattre le froid. Je la bus d'un trait et en fus bien aise.

Maintenant, il faisait nuit noire et les guerriers de Buliwyf attendaient l'arrivée du dragon Korgon. Tous tournaient les yeux vers les collines, perdues dans le brouillard nocturne. Sa grande épée Runding à la main, Buliwyf parcourut en personne toute la longueur des fortifications et encouragea ses hommes à voix basse. Tous attendaient calmement, sauf un : le lieutenant Ecthgow. Ce Normand était un maître de la hache ; il avait planté un solide poteau en bois à quelque distance de lui et s'exerçait à lancer sa hache dessus, sans discontinuer. On lui en avait donné un grand nombre : j'en comptai cinq ou six fixées à sa large ceinture, d'autres dans sa main, d'autres encore éparpillées sur le sol autour de lui.

De la même façon, Herger tendait son arc et vérifiait ses flèches, et Skeld également, car ces deux hommes étaient les meilleurs archers parmi les guerriers de Buliwyf. Les flèches normandes sont munies de pointes en fer; admirablement construites, elles sont droites comme un cordeau. Dans chaque village ou camp, il y a un homme, souvent infirme ou estropié, qu'on appelle le *almsmann* [1]. Il fabrique les flèches, et aussi les arcs pour les guerriers de la région. En paiement, il reçoit de l'or, des coquillages ou, comme je l'ai vu, de la nourriture et de la viande.

Les arcs des Normands sont presque aussi longs qu'un corps d'homme et faits en bois de bouleau.

1. Le mot scandinave *alm* signifie orme, le bois souple dont les Vikings faisaient leurs arcs et leurs flèches.

Voici comment ils tirent : ils encochent la flèche non pas à hauteur de l'œil, mais de l'oreille, puis la lâchent ; la force en est telle que le projectile peut traverser le corps de l'ennemi de part en part au lieu de s'y loger ; il peut aussi percer une planche de l'épaisseur d'un poing. En vérité, j'ai vu de mes propres yeux ce dont je vous parle. J'essayai de bander un de leurs arcs, mais découvris que je ne pouvais le manier : il était trop grand et trop résistant pour moi.

Les Normands sont maîtres dans l'art de faire la guerre sous toutes ses formes et de tuer avec les armes qu'ils prisent. Ils parlent de « lignes de guerre », mais cela ne concerne nullement la disposition des soldats, car, ce qui compte pour eux, c'est le combat d'un homme contre un autre, qui est son ennemi. Les deux « lignes de guerre » varient avec l'autre. Pour l'épée, qui est toujours brandie en arc de cercle et jamais employée comme poignard, ils disent : « L'épée cherche la ligne de respiration », voulant dire par là le cou et, par conséquent, la décapitation. Pour la lance, la flèche, la hache et le poignard, ils disent : « Ces armes cherchent la ligne adipeuse [1]. » Par ces mots, ils

---

1. *Linea adeps :* littéralement « ligne adipeuse ». Bien qu'aucun soldat n'ait mis en doute la justesse anatomique de ce passage – car la ligne médiane du corps est celle ou se trouvent les nerfs et les vaisseaux les plus vitaux –, l'origine précise de ce terme demeure mystérieuse. À cet égard, il est intéressant de noter que des sagas islandaises mentionnent un guerrier blessé, en 1030, qui arrache une flèche de sa poitrine. Voyant que des bouts de chair sont attachés à la pointe, il dit : « Mon cœur est encore enveloppé de graisse. » La plupart des érudits pensent qu'il s'agit là d'un commentaire ironique, le guerrier se sachant mortellement blessé, d'autant plus que cela se tient du point de vue anatomique.

En 1874, l'historien américain Robert Miller devait se référer à ce passage d'Ibn Fadlan lorsqu'il écrivit : « Bien qu'étant de féroces guerriers, les Vikings ignoraient l'anatomie. Ils recevaient l'ordre de viser la ligne

désignent la partie centrale du corps, entre la tête et l'aine ; pour eux, une blessure sur cette ligne centrale entraîne la mort certaine de leur adversaire. Ils croient aussi qu'il est préférable de frapper au ventre, à cause de sa mollesse, qu'à la poitrine ou à la tête.

En vérité, Buliwyf et sa troupe montèrent une garde attentive cette nuit, moi avec eux. Cette veille me fut très pénible et bientôt je fus aussi fatigué que si j'avais livré une bataille, pourtant il n'y en avait pas eu. Les Normands, eux, n'étaient pas fatigués, mais sur le qui-vive. Il est vrai que ce sont les gens les plus alertes du monde, toujours prêts à affronter la bataille ou un danger ; ils ne trouvent rien de pénible à cette attitude, y étant habitués depuis l'enfance. En tout temps, ils sont prudents et vigilants.

Au bout d'un moment, je m'endormis. Herger me réveilla brusquement de la manière suivante : j'entendis un grand coup et l'air siffler près de ma tête ; en ouvrant les yeux, je vis une flèche vibrant dans le bois, à un cheveu de mon nez. C'était Herger qui l'avait décochée. Lui et les autres rirent de mon dépit. Il me dit : « Si tu dors, tu rateras la bataille. » En réponse, je lui dis que ce ne serait pas un grand malheur à mes yeux.

---

médiane verticale du corps de l'adversaire mais, ce faisant, ils manquaient, bien sûr, le cœur, situé du côté gauche de la poitrine. »

C'est Miller qui est ignorant, et non les Vikings. Durant plusieurs siècles, l'homme occidental moderne a cru que le cœur se trouvait à gauche, dans sa poitrine ; quand ils prêtent serment au drapeau, les Américains posent la main sur leur cœur ; maints récits folkloriques parlent de soldats sauvés de la mort parce qu'ils portaient une bible dans leur poche de poitrine qui a arrêté la balle fatale, etc. En fait, le cœur est une structure médiane qui s'étend, dans une mesure variable, jusque dans le côté gauche de la poitrine. Cependant, une blessure sur la ligne médiane dans la poitrine percera toujours le cœur.

Herger retira sa flèche et, voyant que sa farce m'avait offensé, s'assit près de moi et me parla avec amitié. Il était cette nuit-là d'une humeur nettement mutine et espiègle. Il partagea une coupe d'hydromel avec moi et dit : « Skeld est ensorcelé », puis il rit.

Skeld n'était pas loin et comme Herger parlait très fort, je me rendis compte qu'il voulait que Skeld l'entende ; toutefois, il parlait en latin, langue que Skeld ne comprenait pas ; il y avait donc peut-être une autre raison que j'ignorais. Pendant ce temps, Skeld aiguisait les pointes de ses flèches et attendait le combat. Je demandai à Herger : « Comment est-il ensorcelé ?

– S'il n'est pas ensorcelé, il se transforme peut-être en Arabe : tous les jours, il lave ses sous-vêtements, de même que son corps. Ne l'as-tu pas remarqué ? »

Je répondis que non. S'esclaffant, Herger reprit : « Skeld fait cela pour une certaine femme libre dont il s'est amouraché. Pour elle, il se lave tous les jours et se conduit comme un sot. Ne l'as-tu pas remarqué ? »

Derechef, je lui répondis par la négative. À cela, Herger répliqua : « Serais-tu aveugle ? » Sa plaisanterie le fit beaucoup rire. Je ne partageai pas son hilarité, ni ne fis semblant, car je n'étais pas d'humeur à cela. Alors Herger me dit : « Vous, les Arabes, vous êtes trop austères. Vous ronchonnez tout le temps. Rien ne vous paraît drôle. »

Là, je dis qu'il se trompait. Il me mit au défi de raconter une histoire drôle. Je lui relatai celle du sermon du prédicateur célèbre. Vous la connaissez bien. Un prédicateur célèbre est en chaire à la mosquée ; tous les gens des environs sont venus écouter ses nobles paroles. Un homme, Hamid, met une robe et un voile et prend place parmi les femmes. Le prédicateur célèbre dit : « Selon la loi de l'islam, il serait souhaitable que personne ne laisse trop pousser les poils de son pubis. » Un des assistants demande : « Qu'est-ce qui est trop, ô prédicateur ? » Tous connaissent cette histoire ; elle est assez crue, en effet. Le prédicateur répond : « Ils ne devraient pas être plus longs qu'une barbe d'orge. » Alors Hamid dit à la femme assise près de lui : « Ma sœur, ayez la bonté de vérifier si les poils de mon pubis sont plus longs qu'une barbe d'orge. » La femme met la main sous les jupes de Hamid pour sentir les poils ; ce faisant, elle touche son organe. De surprise, elle pousse un cri. Le prédicateur l'entend et en est ravi. À son auditoire, il dit : « Vous devriez tous apprendre l'art d'écouter un sermon comme cette dame. Voyez combien il a touché son cœur. » Encore toute bouleversée, la femme répond : « Ce n'est pas mon cœur qu'il a touché, ô prédicateur : c'est ma main. »

Herger m'écouta avec un air d'ennui. À aucun moment, il ne rit, ni même ne sourit. Quand je terminai mon récit, il demanda : « Qu'est-ce qu'un prédicateur ? »

Je répondis qu'il était un stupide Normand qui ne connaissait rien du vaste monde. Ces mots-là le firent rire, alors que la fable l'avait laissé de marbre.

Soudain Skeld poussa un cri. Tous les guerriers de Buliwyf, et moi avec eux, nous nous tournâmes pour regarder les collines, derrière le voile de brume. Voici ce que je vis : haut dans les airs, un point lumineux brillant, pareil à une comète, à quelque distance de nous. Tous les guerriers le virent. Ils se mirent à murmurer et à s'exclamer.

Bientôt apparut un second point lumineux, et un autre, puis encore un autre. J'en comptai plus de douze, puis je cessai de compter. Ces points lumineux brillants apparaissaient en une ligne qui ondulait comme un serpent ou, en vérité, comme le corps ondulant d'un dragon.

« Prépare-toi », me dit Herger, et il ajouta, selon la coutume nordique « Bonne chance au combat ». Ce souhait, je le lui retournai dans les mêmes termes ; il partit.

Les points lumineux étaient encore loin, pourtant ils se rapprochaient. J'entendis un bruit que je pris pour le tonnerre. C'était un lointain et sourd grondement qui enfla dans l'air embrumé, comme le font tous les bruits dans la brume. Il est vrai, en effet, que dans la brume on peut entendre un murmure à cent pas aussi nettement que si l'on vous murmurait à l'oreille.

Je regardai et écoutai. Tous les guerriers de Buliwyf saisirent leurs armes ; ils regardèrent et écoutèrent pareillement. Puis le dragon-luciole fondit sur nous dans un bruit de tonnerre et dans les flammes. Chaque point embrasé grandit, devint d'un rouge sinistre, vacilla ; le corps du dragon était long et luisant. C'était un spectacle des plus menaçants, pourtant je n'avais pas peur : j'avais compris qu'il s'agissait de cavaliers avec des torches, ce qui s'avéra exact.

Bientôt, les cavaliers, donc, émergèrent du brouillard : des formes noires aux torches levées, aux coursiers noirs soufflant et chargeant. Et la bataille s'engagea. L'air de la nuit s'emplit aussitôt de hurlements affreux et de cris de douleur, car les premiers assaillants avaient atteint la tranchée : maintes montures firent la culbute et tombèrent, désarçonnant leur cavalier; les torches s'éteignirent dans l'eau. D'autres chevaux tentèrent de sauter la palissade, mais s'empalèrent sur les pieux pointus. Une partie de la défense prit feu. Des guerriers couraient dans toutes les directions.

Un des cavaliers passa par la section embrasée de la palissade. Alors, pour la première fois, je vis un wendol avec netteté. Voici ce que mes yeux aperçurent : une silhouette humaine en noir, montée sur un destrier noir, mais qui avait une tête d'ours. Je fus saisi de la plus horrible frayeur, et je crus même en mourir car jamais encore je n'avais vu quelque chose d'aussi cauchemardesque. Mais, au même instant, la hache d'Ecthgow s'enfonça profondément dans le dos du cavalier. Le monstre s'écroula et tomba. La tête d'ours se détacha de son corps et je vis qu'au-dessous il avait une tête d'homme.

Rapide comme l'éclair, Ecthgow bondit sur l'être à terre, lui enfonça son épée dans la poitrine, retourna le cadavre pour retirer la hache du dos, puis se jeta de nouveau dans la bataille. Moi aussi je me jetai dans la bataille car un coup de lance me fit perdre l'équilibre et m'envoya rouler dans la mêlée. Maints cavaliers avaient maintenant pénétré à l'intérieur des fortifications, leurs torches embrasées; certains avaient une tête d'ours, d'autres, non; ils tournaient en rond et essayaient de mettre le feu aux maisons et à la salle Hurot. Pour les en empêcher, Buliwyf et ses hommes se battaient vaillamment.

Je me relevai juste au moment où l'un des monstres du brouillard fonçait sur moi avec son destrier. En vérité, voilà ce que je fis : je tins ferme, ma lance levée. Sous le choc, je crus que j'allais me déchirer, mais la lance passa à travers le corps du cavalier : il poussa des cris horribles, mais resta en selle et poursuivit son chemin. Je tombai à terre, le souffle coupé et une douleur aiguë dans l'estomac, mais je n'étais pas véritablement blessé.

Durant la bataille, Herger et Skeld décochèrent leurs nombreuses flèches ; l'air était rempli du sifflement des traits dont beaucoup atteignaient leur cible. Je vis l'une des flèches de Skeld s'enfoncer dans le cou d'un cavalier et demeurer là ; puis de nouveau, je vis les deux archers percer la poitrine d'un ennemi ; ils furent si prompts à tirer derechef, que le même cavalier porta bientôt quatre flèches enfouies dans son corps.

Pourtant j'appris que Herger et Skeld ne tenaient nullement cette action pour un exploit. Les Normands ne croient pas au caractère sacré des animaux ; pour eux, il faut donc utiliser les flèches pour tuer les chevaux, de manière à faire tomber le cavalier. Ils disent : « Un homme désarçonné n'est homme qu'à demi et deux fois plus facile à tuer. » Ils n'hésitent donc pas à suivre ce précepte [1].

Je vis également ceci : un cavalier pénétra dans l'enceinte, couché sur son destrier noir lancé au galop ; il attrapa le corps du monstre qu'Ecthgow avait tué, le jeta en travers de l'encolure de son cheval et repartit : comme je l'ai déjà dit, ces êtres du brouillard n'aban-

---

1. Selon la loi divine, les musulmans croient que « le messager de Dieu a interdit la cruauté envers les animaux ». Ils poussent le respect de ce commandement si loin qu'ils se hâtent de décharger les bêtes de somme pour qu'elles ne peinent pas inutilement sous le fardeau. De plus, les Arabes ont toujours pris grand plaisir à élever et à entraîner des chevaux. Les Scandinaves n'aiment pas particulièrement les bêtes ; presque tous les observateurs arabes parlent de leur manque d'affection pour les chevaux.

donnent jamais un de leurs morts afin qu'on n'en retrouve pas le cadavre à la lumière du Jour.

La bataille fit rage un bon moment à la lueur du brasier voilé de brume. Je vis Herger engagé dans un combat mortel avec l'un des démons ; je pris une nouvelle lance et l'enfonçai profondément dans le dos du monstre. Ruisselant de sang, Herger leva un bras en remerciement et replongea dans la mêlée. J'en fus rempli de fierté.

Alors que j'essayais de retirer ma lance, un groupe de cavaliers me renversa et, en vérité, à partir de cet instant, je ne me souviens plus de grand-chose. Je vis que l'une des demeures des nobles de Rothgar brûlait, mais que la salle Hurot, arrosée d'eau, était encore intacte. Je m'en réjouis comme si j'avais été un Normand, et telles furent mes dernières pensées.

À l'aube, je me réveillai avec l'impression que quelqu'un me baignait le visage ; cette douce caresse me fut agréable. Je m'aperçus bientôt que c'était un chien qui me léchait. Je me sentis pareil au stupide ivrogne et en conçus un vif dépit, comme vous pouvez l'imaginer [1].

---

1. La plupart des premiers traducteurs de manuscrit d'Ibn Fadlan étaient des chrétiens qui ne connaissaient pas la culture arabe. Leur interprétation de ce passage reflète leur ignorance. Dans une traduction très libre, l'Italien Lacalla (1847) écrit : « Au matin, je sortis de mon sommeil d'ivrogne comme un vulgaire chien et mon état me remplit de honte. » Et Skovmand, dans son commentaire de 1919, conclut abruptement : « On ne peut ajouter foi aux histoires d'Ibn Fadlan, l'auteur étant ivre durant les batailles, ce qu'il admet. » Plus charitable, Du Chatellier, un vikingophile déclaré, écrit en 1908 : « L'Arabe acquit bientôt l'ivresse de la bataille qui est l'essence même de l'esprit héroïque nordique. »

C'est à Massud Farzan, l'érudit soufi, que je dois l'explication de l'allusion qu'Ibn Fadlan fait ici. En fait, il se compare au personnage d'une très vieille plaisanterie arabe : un ivrogne tombe dans une flaque de son propre vomi, au bord de la route. Arrive un chien qui commence à lui lécher la

Je vis alors que j'étais couché dans le fossé où l'eau était aussi rouge que le sang. Je me levai et traversai le retranchement fumant, passant à côté de la mort et de la destruction. Je vis que la terre était imbibée de sang, comme après une pluie, avec maintes flaques. Je vis le corps de nobles tués, de même que ceux de femmes et d'enfants massacrés. Trois ou quatre de ces cadavres étaient carbonisés et encroûtés par le feu. Il y en avait partout et j'étais obligé de marcher les yeux baissés de crainte d'en piétiner un, tant le sol en était jonché.

Une grande partie de la palissade avait brûlé. Dans une autre, je vis des chevaux empalés et froids. Des torches gisaient ici et là. Je n'aperçus aucun des guerriers de Buliwyf.

Ni cris ni lamentations ne venaient du royaume de Rothgar car les hommes du Nord ne pleurent pas les morts. Il y avait au contraire un calme inhabituel dans l'air. Un coq chanta, un chien aboya, mais aucune voix humaine ne retentit dans la lumière du jour.

J'entrai dans la salle Hurot et là je trouvai deux corps couchés, leurs casques sur la poitrine. C'étaient Skeld, de la suite de Buliwyf, et Helfdane, blessé plus

---

figure. Croyant que c'est une personne charitable qui lui nettoie le visage l'ivrogne dit avec reconnaissance : « Qu'Allah rende tes enfants obéissants. » Alors le chien lève la patte et lui urine dessus. L'ivrogne s'écrie : « Et que Dieu te bénisse, mon frère, d'avoir apporté de l'eau chaude pour me laver la figure ! »

En arabe, l'histoire transmet l'habituelle mise en garde contre l'ivresse et rappelle de façon subtile que l'alcool c'est du khmer, soit de la saleté, comme l'urine.

Ibn Fadlan s'attendait probablement que son lecteur pensât, non pas qu'il eût jamais été ivre, mais plutôt qu'il avait eu la chance d'éviter qu'un chien lui pissât dessus, tout comme il avait évité la mort un peu plus tôt, au combat. En d'autres mots, il nous parle d'une autre occasion où il l'a échappé belle.

tôt et maintenant, froid et pâle. Tous deux étaient morts. Il y avait aussi Rethel, le plus jeune des guerriers : assis droit dans un coin, il était entouré de serves qui le soignaient. Rethel avait déjà été blessé une fois, mais il avait une nouvelle blessure à l'estomac, et celle-ci saignait abondamment. Il devait certainement beaucoup souffrir, pourtant il ne montrait que de la gaieté : il souriait et lutinait les serves ; les femmes le grondaient souvent parce qu'il les distrayait alors qu'elles essayaient de panser ses plaies.

Voici comment les Normands soignent les blessures, selon la nature de celles-ci. Quand un guerrier est blessé à une extrémité, soit au bras ou à la jambe, on lui fait une ligature et on place des linges bouillis sur la plaie pour la couvrir. On m'a dit également qu'ils mettaient des toiles d'araignée ou des brins de laine dans l'entaille pour épaissir le sang et l'empêcher de couler ; cela, je ne l'ai jamais vu.

Quand un guerrier est blessé à la tête ou au cou, les femmes esclaves lavent, puis examinent la plaie. Si la peau est déchirée, mais les os blancs intacts, elles disent de la blessure : « Ce n'est rien. » Mais si les os sont fêlés ou cassés de quelque façon, elles disent : « Sa vie s'écoule et sera bientôt partie. »

Quand un guerrier est blessé à la poitrine, elles lui tâtent les mains et les pieds ; si ceux-ci sont chauds, elles disent de la blessure : « Ce n'est rien. » Mais, si le guerrier crache ou vomit du sang, elles disent : « Il parle en sang », et tiennent son cas pour très grave. Cet homme peut mourir ou ne pas mourir de cette maladie du « parler en sang », cela dépend de son destin.

Quand un guerrier est blessé à l'abdomen, elles lui font absorber une soupe d'oignons et d'herbes ; puis elles reniflent les lésions et si celles-ci sentent l'oignon, elles disent : « Il a la maladie de la soupe. » Cela veut dire qu'il mourra.

Je vis de mes propres yeux les femmes préparer une soupe à l'oignon pour Rethel. Le guerrier en but une certaine quantité ; les serves reniflèrent sa blessure et sentirent l'odeur de l'oignon. À l'annonce de cette nouvelle, Rethel rit et fit quelque plaisanterie ; il demanda de l'hydromel qu'on lui apporta, et ne manifesta pas la moindre inquiétude.

Buliwyf, le chef, et tous ses guerriers conféraient dans un autre endroit de la salle. Je les rejoignis, mais aucun d'eux ne me salua. Herger, auquel j'avais sauvé la vie, ne me prêta aucune attention car les guerriers étaient plongés dans une solennelle conversation. J'avais appris un peu la langue nordique, mais pas assez pour pouvoir suivre leurs paroles prononcées à voix basse et rapidement. Je m'éloignai donc. Je bus un peu d'hydromel, puis mon corps commença à me faire mal. Une serve s'approcha de moi pour laver mes blessures : une entaille à la cuisse et une autre à la poitrine. Jusqu'au moment où cette femme me proposa ses soins, je ne les avais point senties.

Les Normands nettoient les plaies avec de l'eau de mer : ils croient que celle-ci possède plus de vertus curatives que l'eau de source. Cette opération n'a rien d'agréable et, en vérité, je gémis. M'entendant, Rethel rit et dit à une esclave : « Il demeure un Arabe. » J'en ressentis de la honte.

Les gens du Nord pensent que l'urine est une substance admirable et la gardent dans des récipients en bois. D'ordinaire, ils la font bouillir jusqu'à ce qu'elle s'épaississe et pique les narines, puis ils s'en servent pour faire la lessive, surtout celle de vêtements blancs en grosse toile [1].

On m'a dit aussi que, parfois, quand les Normands entreprennent un long voyage en mer et manquent de réserves d'eau fraîche, ils boivent leur propre urine ; de cette façon, ils peuvent survivre jusqu'à ce qu'ils atteignent le rivage. Cela, on me l'a dit, mais je ne l'ai jamais vu, grâce en soit rendue à Allah.

Herger vint à moi car le conseil des guerriers avait pris fin. Les blessures que m'avait pansées l'esclave brûlaient affreusement. J'en devenais presque fou, mais j'étais résolu à faire montre de gaieté, comme un Normand. Je demandai à Herger : « À quoi allons-nous jouer maintenant ? »

Herger examina mes blessures, puis me dit : « Tu pourras monter à cheval. » Je lui demandai où il me faudrait aller. En vérité, je perdis soudain tout courage car je me sentais très las et capable seulement d'une chose : me reposer. Herger répondit : « Cette nuit, le dragon-luciole attaquera de nouveau. Mais à présent nous sommes trop faibles et trop peu nombreux. Nos défenses ont été brûlées et détruites. Le dragon-luciole nous tuera tous. »

Il prononça ces paroles avec calme. Je m'en aperçus et demandai : « Où allons-nous, alors, avec nos chevaux ? » Je croyais qu'en raison de leurs lourdes pertes, Buliwyf et sa troupe quittaient peut-être le royaume de Rothgar. Ce à quoi je n'étais nullement opposé.

Herger dit : « Un loup qui dort dans sa tanière ne trouve jamais de viande, un homme qui dort ne remporte aucune victoire. » C'est là un proverbe nor-

1. L'urine est une source d'ammoniaque, un excellent produit de nettoyage.

mand. J'en déduisis que le plan était tout autre : montés sur nos chevaux, nous allions attaquer les monstres du brouillard dans leur repaire, dans les montagnes ou les collines. Sans enthousiasme, je demandai à Herger quand aurait lieu le départ. « Vers midi », me répondit-il.

Je vis aussi qu'un enfant était entré dans la salle ; dans ses mains, il portait un objet en pierre. Herger examina celui-ci : c'était une autre de ces sculptures représentant une femme enceinte sans tête, gonflée et laide. Herger proféra un juron et laissa tomber la figurine de ses doigts tremblants. Il appela une esclave ; celle-ci prit la pierre et la lança dans le feu où la chaleur des flammes la fit craquer et éclater en morceaux. Ces morceaux furent ensuite jetés à la mer, c'est du moins ce que m'annonça Herger.

Je lui demandai ce que représentait cette pierre sculptée. Il me dit : « C'est l'image de la mère des mangeurs de morts. C'est elle qui ordonne et préside le repas. »

Puis je vis que Buliwyf, debout au milieu de la salle, regardait le bras de l'un des démons qui pendait toujours des chevrons. Il baissa les yeux vers les corps de ses compagnons tués et vers le moribond Rethel ; ses épaules s'affaissèrent et son menton tomba sur sa poitrine. Puis il passa à côté d'eux et sortit ; je le vis endosser son armure, prendre son épée et se préparer pour la nouvelle bataille.

Le désert de l'effroi

Buliwyf demanda sept robustes chevaux et, vers le milieu de la matinée, nous quittâmes la salle de banquet de Rothgar pour nous rendre dans la plaine plate, puis dans les collines au-delà. Nous accompagnaient quatre chiens du blanc le plus pur, d'énormes bêtes qui devaient être plus proches du loup que du chien, tant elles paraissaient féroces. Voilà de quoi se composaient nos forces assaillantes. Je les jugeai faibles comparées à la formidable puissance de nos adversaires, mais les Normands comptent beaucoup sur la surprise et le stratagème. Et aussi, d'après leurs propres calculs, chacun d'eux vaut trois ou quatre de n'importe lequel de leurs ennemis.

Épuisé comme je l'étais, je m'engageai à contrecœur dans cette nouvelle action guerrière et m'étonnai de ce que les Normands ne partageaient point mon sentiment. À cela, Herger répondit : « Il en est toujours ainsi et il en ira de même au Walhalla », qui est leur idée du ciel. Dans le ciel, qu'ils croient être une grande salle de banquet, les guerriers se battent du matin au soir ; puis les morts ressuscitent et, la nuit, tous prennent part à un festin où l'on mange et l'on boit à satiété ; puis, au matin, ils recommencent à se battre ; les morts ressuscitent et festoient ; tel est leur paradis pour toute l'éternité [1]. C'est pourquoi ils trouvent normal de livrer combat jour après jour pendant leur séjour sur terre.

Nous nous orientions d'après les traces de sang que les cavaliers avaient laissées pendant leur retraite de la nuit. Suivant en courant cette piste rouge, les chiens nous montraient le chemin. Nous ne nous arrêtâmes qu'une fois dans la plaine plate pour ramasser une arme qu'un des démons avait abandonnée en fuyant. Je vais vous la décrire : c'était une hache avec un manche en bois et une lame en pierre taillée attachée au manche par des lanières de cuir. Le fil de cette hache était extrêmement pointu et la lame façonnée avec art, comme si cette pierre eût été une gemme à ciseler pour satisfaire la vanité d'une riche dame. Telle était la perfection du travail ; et l'arme était redoutable en raison de son tranchant. Jamais je n'ai vu un objet pareil sur toute la terre. Herger me dit que les wendols faisaient tous leurs outils et toutes leurs armes de cette pierre, c'est du moins ce que croient les Normands.

Nous poursuivîmes notre route à vive allure, guidés par l'aboiement des chiens, bruit qui me réconfortait. Enfin nous arrivâmes dans les collines. Nous nous y engageâmes sans hésitation ni cérémonie, tous tendus vers le but, troupe d'hommes silencieux, au visage

---

1. Certains spécialistes en mythologie affirment que ce ne sont pas les Scandinaves qui ont conçu cette idée de bataille éternelle, mais plutôt les Celtes. Quoi qu'il en soit, il est parfaitement plausible que les compagnons d'Ibn Fadlan l'eussent adoptée, vu qu'à cette époque cela faisait plus de sept cent cinquante ans que les Scandinaves avaient noué contact avec les Celtes.

sombre. Tous les hommes portaient des signes de peur sur la figure, mais aucun d'entre eux ne s'arrêta ni n'hésita ; au contraire, ils pressèrent leur monture.

Il faisait froid dans les collines, dans les forêts d'arbres d'un vert foncé, et un vent froid s'engouffrait dans nos vêtements. On voyait la respiration haletante des destriers et le panache blanc de celle des chiens courants. Nous continuâmes. Après avoir chevauché jusqu'à midi, nous parvînmes dans un nouveau paysage. C'était un marécage, ou une lande – un terrain désolé qui ressemblait fort à un désert, non pas sablonneux et sec, mais humide et détrempé ; et, au-dessus, s'étendaient de minces traînées de brume. Les Normands appellent cet endroit le désert de l'effroi [1].

Je vis de mes propres yeux que cette brume couvrait le sol en petites poches ou agglomérations, comme de minuscules nuages posés par terre. Ici, l'air était limpide ; là, du brouillard recouvrait le sol, à hauteur d'un genou de cheval, enveloppant les chiens qui disparaissaient à notre vue. Puis, l'instant d'après, le brouillard se dissipait et nous nous retrouvions en terrain dégagé. Tel était le paysage de la lande.

Je le jugeai remarquable, mais les Normands ne lui trouvaient rien de spécial ; ils dirent que la terre, dans cette région, abonde en marais et en sources d'eau

1. صحراء الخوف : littéralement« désert de l'effroi ». Dans un journal daté de 1927, J.G. Tomlinson fit remarquer que la *Völsunga Saga* contenait exactement la même expression. Il en déduisit qu'elle était un terme générique pour des terres taboues. De toute évidence, Tomlinson ignorait qu'on ne trouve rien de tel dans la *Völsunga Saga* ; il est vrai que, dans la traduction du XIXe siècle de William Morris, on lit : « Un désert de l'effroi s'étendait aux confins du monde » mais cette phrase a été inventée par Morris. Elle apparaît dans l'un des nombreux passages où Morris amplifie la saga germanique originale.

bouillonnantes qui jaillissent de failles dans le sol ; un faible brouillard se rassemble à ces endroits et y demeure jour et nuit. Les Normands appellent ces lieux « la région des lacs fumants ».

Le terrain y est difficile pour les chevaux ; nous avançâmes donc plus lentement. Les chiens aussi couraient moins vite et je remarquai qu'ils aboyaient moins fort. Bientôt l'allure de notre troupe changea complètement : du galop, avec des chiens aboyant en tête, nous étions passés à une marche lente, avec des chiens silencieux qui répugnaient à montrer le chemin et qui, au lieu de cela, reculaient jusque sous les pieds des chevaux, créant parfois ainsi des difficultés. Il faisait toujours très froid, en fait, plus froid qu'avant ; ici et là, j'apercevais de petites plaques de neige sur le sol, bien que, selon mes calculs, nous fussions en été.

Nous continuâmes au petit pas pendant un bon moment. Je me disais que nous allions nous perdre et ne jamais retrouver notre chemin dans la lande. Soudain les chiens s'arrêtèrent. Il n'y avait aucune différence dans le terrain, ni marque ou objet sur le sol ; pourtant les bêtes s'arrêtèrent comme si elles étaient arrivées devant une barrière ou quelque obstacle palpable. Nous fîmes halte aussi et regardâmes autour de nous. Il n'y avait pas de vent ; en vérité, il n'y avait aucun bruit : pas un cri d'oiseau ni d'animal vivant, seulement le silence.

Buliwyf dit : « Ici commence la terre des wendols. » Les guerriers caressèrent l'encolure de leurs destriers pour les réconforter car les chevaux étaient ombrageux et nerveux dans cette région. Tout comme leurs cavaliers. Buliwyf pressait les lèvres l'une contre l'autre, les mains d'Ecthgow tremblaient sur les rênes,

Herger était devenu blême et dardait son regard ici et là ; les autres aussi, à leur manière.

Les Normands disent : « La peur a la bouche blanche. » Je constatais à présent que c'était vrai : tous étaient pâles autour des lèvres et de la bouche. Aucun d'eux ne parlait de sa frayeur.

Laissant les chiens, nous continuâmes à chevaucher. La neige augmenta – elle formait une mince couche qui crissait sous les sabots – et le brouillard s'épaissit. Personne ne desserrait les dents sauf pour encourager les chevaux. À chaque pas, il devenait plus difficile de faire avancer les bêtes ; les guerriers étaient obligés de les pousser avec de douces paroles et des coups de pied brutaux. Bientôt nous aperçûmes des formes vagues dans le brouillard devant nous ; nous en approchâmes avec précaution. Voici ce que je vis de mes propres yeux : des deux côtés du chemin, des crânes de bêtes énormes, les mâchoires ouvertes en position d'attaque, surmontaient de hauts et gros poteaux. Nous continuâmes. Je vis alors que c'étaient des crânes d'ours géants, animaux qu'adorent les wendols. Herger me dit que ces crânes protègent les limites du pays des monstres.

Puis nous aperçûmes un autre obstacle dans le lointain ; quelque chose de grand et de gris. C'était un énorme rocher, de la hauteur d'un cheval. Il était sculpté en forme de femme enceinte, avec un ventre et des seins protubérants, mais sans tête ni bras ni jambes. Cette pierre portait les traces sanglantes de sacrifices ; en vérité, elle était striée de rouge et affreuse à voir.

Personne ne fit de commentaire. Nous poursuivîmes rapidement notre chemin. Les guerriers tirèrent leurs épées et les tinrent prêtes. Or voici une qualité des Normands ; plus tôt, ils avaient manifesté de la crainte, mais depuis qu'ils étaient entrés dans le domaine des wendols et se trouvaient plus près de la cause de leur frayeur, ils avaient cessé d'avoir peur. Ainsi semblent-ils faire toute chose à l'envers, et d'une façon déroutante car, en vérité, ils paraissaient à l'aise maintenant. Seuls les chevaux étaient de plus en plus récalcitrants.

Puis je sentis l'odeur de putréfaction que j'avais déjà sentie dans la salle de Rothgar : quand elle frappa de nouveau mes narines, je crus défaillir. Herger, qui chevauchait à mes côtés, demanda d'une voix douce : « Comment vas-tu ? »

Incapable de cacher mon émotion, je répondis : « J'ai peur.

– C'est parce que tu penses à ce qui va arriver, répliqua-t-il, et imagines des choses épouvantables qui glaceraient le sang de n'importe qui. Ne pense pas à l'avenir et réjouis-toi de savoir que tout homme doit mourir. »

Je vis la justesse de ses paroles. « Dans ma société, dis-je, nous avons le proverbe suivant : “ Remercie Allah car, dans sa sagesse, il a placé la mort à la fin de la vie et non pas au début. ” »

Ces mots firent sourire Herger. Il rit brièvement. « Dans la peur, même un Arabe dit la vérité », déclara-t-il, puis il se porta en avant pour rapporter mes paroles à Buliwyf, qui rit lui aussi. En un pareil moment, une plaisanterie était la bienvenue.

Nous atteignîmes une colline ; parvenus au sommet, nous fîmes halte et regardâmes en bas : le camp des wendols. Je vais vous le décrire tel que je le vis de mes propres yeux : il y avait une vallée, et, dans cette vallée, un cercle de huttes grossières en terre et en paille, mal construites, comme si elles avaient été l'œuvre d'un enfant ; et, au milieu de ce cercle, un grand feu en train de s'éteindre. Pourtant on ne voyait ni chevaux, ni animaux, ni mouvement, ni signe de vie d'aucune sorte. Tout cela nous apparut à travers le voile mouvant du brouillard.

Buliwyf descendit de son destrier ; ses guerriers l'imitèrent, moi avec eux. En vérité, mon cœur battait à grands coups et c'est en haletant que je regardai le camp barbare des démons, en bas. Nous chuchotions.
« Pourquoi ne voit-on rien bouger ? demandai-je.

– Les wendols sont des êtres nocturnes tout comme les hiboux et les chauves-souris. Ils dorment pendant les heures du jour. Ils dorment donc maintenant. Nous allons descendre vers eux, les attaquer et les tuer dans leurs rêves.

– Nous sommes si peu nombreux », dis-je, car j'apercevais beaucoup de huttes en bas.

« Nous sommes assez nombreux », répliqua Herger. Puis il me donna une gorgée d'hydromel que je bus avec plaisir en remerciant Allah de ne pas avoir interdit cette boisson, ni même de réprouver son usage [1]. En vérité, ma langue accueillait favorablement cette substance que je jugeais exécrable autrefois ; avec la répétition, des choses étranges cessent ainsi de l'être. Pareillement, je ne prêtais plus attention à l'horrible puanteur des wendols : je la sentais depuis si longtemps que je ne la remarquais plus.

1. L'interdiction islamique de l'alcool concerne littéralement le fruit fermenté de la vigne, c'est-à-dire le vin. Les boissons fermentées faites à partir du miel sont explicitement permises.

Les gens du Nord ont une attitude des plus curieuses envers l'odorat. Ils sont sales, comme je l'ai déjà dit, ils mangent et ils boivent toutes sortes d'impuretés, pourtant il est vrai qu'ils prisent le nez plus que toute autre partie du corps. La perte d'une oreille au combat est considérée comme peu de chose ; celle d'un doigt, d'un orteil ou de toute la main, comme à peine plus grave ; les Normands supportent de telles cicatrices ou blessures avec sérénité. Toutefois, pour eux, la perte du nez équivaut à la mort, ne serait-ce même que la perte d'un petit morceaux de cet appendice que d'autres peuples tiendraient pour une blessure légère.

Avoir les os du nez cassés dans la bataille n'a pas d'importance ; beaucoup de Normands ont le nez tordu pour cette raison. J'ignore la raison de cette crainte d'avoir le nez coupé [1].

Fortifiés, les guerriers de Buliwyf, et moi avec eux, nous abandonnâmes nos destriers sur la colline, mais ces animaux ne pouvaient être laissés sans surveillance, tant ils étaient effrayés. L'un de nous devait donc rester avec eux. J'espérais être choisi pour cette tâche, mais l'on désigna Haltaf, qui était déjà blessé et

---

1. L'explication que les psychiatres donnent habituellement de cette peur de perdre une partie du corps, c'est qu'elle représente la peur de la castration. Dans un article de 1937, *Déformations de l'image corporelle dans les sociétés primitives*, Engelhardt note que de nombreuses cultures sont très explicites au sujet de cette croyance. Chez les Nanamani du Brésil, par exemple, on coupait l'oreille gauche aux transgresseurs d'interdits sexuels : cette amputation est censée réduire la puissance sexuelle. D'autres sociétés attachent de l'importance à la perte de doigts, d'orteils ou, dans le cas des Normands, du nez. Dans beaucoup de sociétés, on croit de façon superstitieuse que la taille du nez d'un homme révèle celle de son pénis.

Emerson affirme que l'importance accordée au nez par les sociétés primitives est un vestige de l'époque où l'homme était chasseur et dépendait pour une grande part de son odorat pour trouver du gibier et éviter ses ennemis ; dans ce genre de vie, la perte de l'odorat était certes une grave blessure.

le moins utile. Entre des arbustes rabougris et des buissons mourants, nous descendîmes donc avec précaution vers le camp des wendols. Marchant à pas de loup, nous ne déclenchâmes pas l'alerte et fûmes bientôt au cœur même du village des démons.

Buliwyf ne prononça pas une seule parole : il donnait ses instructions et ses ordres par gestes. D'après ceux-ci, je crus comprendre que nous devions former des groupes de deux guerriers et chacun d'eux aller dans une direction différente. Herger et moi devions attaquer la hutte de terre la plus proche, et les autres devaient attaquer les huttes restantes. Tous attendirent jusqu'à ce que chaque groupe eût pris position devant les cabanes, puis, avec un hurlement, Buliwyf leva sa grande épée et dirigea l'assaut.

Avec Herger, je me précipitai dans l'une des habitations. Le sang me battait à la tête, mon épée était aussi légère qu'une plume dans ma main. En vérité, j'étais prêt à la plus farouche bataille de ma vie. À l'intérieur, je ne vis rien ; la hutte était déserte et vide, à part deux méchantes paillasses d'un aspect si grossier qu'elles ressemblaient à des nids d'animaux.

Nous nous ruâmes dehors et attaquâmes la hutte voisine. Elle était vide aussi. En vérité, toutes les huttes étaient vides ; les guerriers de Buliwyf étaient profondément vexés ; ils échangèrent des regards pleins de surprise et d'étonnement.

Puis Ecthgow nous appela et nous nous rassemblâmes dans l'une des cabanes, qui était plus grande que les autres. Je vis qu'elle était elle aussi déserte, mais non point vide et nue : le plancher était jonché d'os fragiles qui craquaient sous le pied comme les os délicats et frêles des oiseaux. Très surpris, je me penchai pour en examiner la nature. Avec un choc, je reconnus ici la ligne courbe d'une orbite, là quelques dents. En vérité, nous nous tenions sur un tapis d'os de visages humains ; pour preuve supplémentaire de cette affreuse vérité, les parties supérieures de crânes humains étaient empilées le long d'un des murs ; elles étaient rangées à l'envers, l'une dans l'autre, comme des bols en terre cuite, à la différence qu'elles étaient d'un blanc luisant. J'eus la nausée et quittai la hutte pour vomir. Herger me dit que les wendols mangeaient les cervelles de leurs victimes, comme un être humain mangerait des œufs ou du fromage. Telle est leur coutume ; aussi horrible que ce soit d'y penser, c'est pourtant la vérité.

Puis un autre guerrier nous appela et nous pénétrâmes dans une autre habitation. Voici ce que j'y vis : la hutte était vide, en dehors d'une grande chaise, semblable à un trône, taillée dans un énorme bloc de bois. Elle avait un haut dossier orné des sculptures représentant des serpents et des démons. Au pied de la chaise étaient éparpillés des os crâniens et, sur les bras du meuble, là où son propriétaire devait poser les mains, on voyait du sang et les restes d'une substance blanchâtre et crémeuse : de la cervelle humaine. Une odeur pestilentielle régnait dans la pièce.

Tout autour de cette chaise, il y avait des statuettes en pierre représentant des femmes enceintes, comme celles que j'ai déjà décrites : ces figurines formaient un cercle, ou périmètre, autour du siège.

Herger dit : « Voici son trône, voici où elle règne. » Il parlait d'une voix basse remplie de crainte.

Je ne pus comprendre le sens de ses paroles. J'étais bouleversé et avais la nausée. Je vidai mon estomac sur le sol. Herger, Buliwyf et les autres étaient affligés aussi, mais ils ne vomirent point ; au lieu de cela, ils prirent des braises dans le feu et incendièrent les huttes. Celles-ci brûlèrent lentement car elles étaient humides.

Nous gravîmes donc la colline, remontâmes à cheval et quittâmes la région des wendols et le désert de l'effroi. Tous les guerriers de Buliwyf avaient l'air triste maintenant : les wendols s'étaient montrés plus rusés et plus habiles qu'eux ; prévoyant une attaque, ils avaient abandonné leur repaire et l'incendie de leurs demeures ne représenterait pas une grande perte pour eux.

Le conseil du nain

Nous rentrâmes par le même chemin, mais à plus vive allure, les chevaux étant pleins d'ardeur maintenant. Finalement, nous descendîmes des collines ; nous aperçûmes la plaine plate et, dans le lointain, le village et la grand-salle de Rothgar.

Alors Buliwyf tourna et nous mena dans une autre direction, vers de hauts rochers balayés par les vents de la mer. Je m'approchai de Herger et lui demandai la raison de ce détour. Il m'expliqua que nous allions rendre visite aux nains de la région.

Cela me surprit fort, car il n'y a pas de nains dans la société des hommes du Nord ; on n'en voit jamais dans les rues, ni assis aux pieds des rois, pas plus qu'on n'en trouve qui comptent l'argent, qui tiennent les livres ou qui font une de ces choses qu'ils ont généralement coutume de faire [1]. Jamais un Normand ne m'avait parlé

1. Dans les pays méditerranéens, depuis l'époque des Égyptiens, on pensait que les nains étaient particulièrement intelligents et dignes de confiance. On les engageait souvent comme comptables ou comme caissiers.

de nains et j'avais cru qu'un peuple aussi gigantesque [1] ne pouvait en produire.

Nous parvînmes dans une région de grottes, creuses et venteuses. Buliwyf descendit de cheval; tous ses guerriers firent de même et continuèrent à pied. J'entendis un sifflement et, en vérité, je vis des petits nuages de vapeur sortir de deux de ces nombreuses grottes. Nous pénétrâmes dans l'une d'elles et y trouvâmes des nains.

Je vais vous les décrire : de la taille habituelle des nains, ils se distinguaient par une très grande tête et une figure qui paraissait extrêmement âgée. Il y avait là des nains des deux sexes; tous avaient l'air d'être très vieux. Les hommes étaient barbus et solennels; les femmes avaient elles aussi un peu de poil sur le visage, ce qui les faisait ressembler à des hommes. Tous portaient un vêtement de fourrure, surtout de zibeline; tous portaient également une fine ceinture ornée de petits morceaux d'or martelés.

Ils nous accueillirent poliment, sans manifester de frayeur. Herger me dit que, dotés de pouvoirs magiques, ces êtres n'avaient à craindre aucun homme au monde; toutefois, ils ont peur des chevaux et c'est pour cette raison que nous avions laissé nos montures. Herger me dit également que le pouvoir d'un nain réside dans sa ceinture; s'il la perd, il fera n'importe quoi pour la retrouver.

Herger dit également ceci : l'air de vieillesse des nains correspond à une réalité; les nains, en effet, vivent plus longtemps que les humains. Il me dit aussi

1. D'après quatre-vingt-dix squelettes que l'on peut dater avec certitude de l'époque viking en Scandinavie, la taille moyenne des Normands semble être 1,70 m environ.

qu'ils sont virils dès leur plus jeune âge ; enfants, ils ont déjà des poils à l'aine et des membres d'une taille peu commune. C'est d'ailleurs ainsi que les parents s'aperçoivent que leur enfant est un nain, un être magique qu'ils doivent emmener dans les collines pour qu'il y vive avec ses semblables. Cela accompli, les parents remercient les dieux et immolent un animal, car donner naissance à un nain est considéré comme extrêmement heureux.

Voilà ce que croient les gens du Nord, selon Herger ; j'ignore si cela est vrai et ne rapporte que ce qui m'a été dit.

Maintenant, je vis que le sifflement et la vapeur sortaient d'énormes chaudrons dans lesquels les nains plongent des lames en acier martelé pour les tremper : ils fabriquent en effet des armes que les Normands apprécient grandement. En vérité, je vis les guerriers de Buliwyf fureter dans les cavernes comme des femmes dans une échoppe de bazar qui vend des soies précieuses.

Après s'être renseigné auprès de ces créatures, Buliwyf alla dans la plus haute des grottes où un seul nain était assis. Plus vieux que les autres, il avait une barbe et des cheveux d'un blanc de neige, et une figure toute plissée et ridée. On l'appelait le « tengol », ce qui signifie le juge de ce qui est bien et de ce qui est mal, et aussi le devin.

Ce tengol devait avoir les pouvoirs magiques que tous lui attribuaient, car il salua aussitôt Buliwyf par son nom et le pria de s'asseoir. Buliwyf obéit ; nous autres, nous nous rassemblâmes et attendîmes debout à quelques pas de lui.

Buliwyf n'offrit aucun présent au tengol ; les Normands ne rendent pas hommage à ces nabots : ils pensent que les nains doivent dispenser librement leurs faveurs, qu'il est mauvais de les inciter à le faire avec des cadeaux. Buliwyf s'assit, le tengol le regarda, puis il ferma les yeux et se mit à parler en se balançant d'avant en arrière. Il avait une voix aiguë pareille à celle d'un enfant. Herger me traduisit ainsi ses paroles :

« Ô Buliwyf, tu es un grand guerrier, mais avec les monstres du brouillard, les mangeurs de morts, tu as affaire à forte partie. Vous vous livrerez un combat à mort et tu auras besoin de toute ta force et de toute ta sagesse pour surmonter cette épreuve. » Il continua dans cette veine pendant un bon moment, se balançant d'avant en arrière. En substance, il dit que Buliwyf affrontait un adversaire difficile, ce que je ne savais que trop bien, et Buliwyf pareillement. Mais Buliwyf était patient.

Je constatai également que Buliwyf ne s'offensait pas quand le nain se moquait de lui, ce qu'il faisait fréquemment. Le nain dit : « Tu es venu me voir parce que tu as attaqué les monstres dans les marais et que cela n'a servi à rien. Tu viens donc me demander conseil comme un enfant va voir son père et lui dit : " Que dois-je faire maintenant que tous mes plans ont échoué ? " » Ici, le tengol fit une pause et rit longuement. Puis sa vieille figure devint solennelle.

« Ô Buliwyf, reprit-il, je vois l'avenir, mais je ne peux t'en dire plus que tu ne sais déjà. Toi et tous tes vaillants guerriers, vous avez rassemblé votre habileté et votre courage pour attaquer les monstres dans le désert de l'effroi. Vous vous êtes trompés, car ce n'était pas là une véritable action héroïque. »

Ces dernières paroles me plongèrent dans l'étonnement car je pensais tout le contraire.

« Non, non, noble Buliwyf, poursuivit le tengol, vous aviez entrepris une mission fausse et, tout au fond de votre cœur de héros, vous saviez qu'elle était sans valeur. Tout comme l'était votre combat contre le dragon-luciole Korgon qui vous a coûté maints bons guerriers. À quoi servent tous tes plans ? »

Buliwyf continuait à se taire. Assis avec le nain, il attendait.

« Le grand défi lancé à un héros se trouve dans le cœur et non pas dans l'adversaire, dit le nain. Quelle importance cela aurait-il eu si vous aviez rencontré les wendols dans leur repaire et en aviez tué un grand nombre dans leur sommeil ? Vous auriez pu en tuer beaucoup sans pour cela mettre un terme à la lutte, pas plus que l'amputation des doigts ne tuera un homme. Pour tuer un homme, il faut transpercer la tête ou le cœur. Il en va de même pour les wendols. Tout cela tu le sais ; ce n'est pas moi qui te l'apprendrai. »

C'est ainsi que, se balançant d'avant en arrière, le nain morigéna Buliwyf. Celui-ci accepta la remontrance ; au lieu de répondre, il baissa la tête.

« Tu as simplement fait l'ouvrage d'un homme et non celui d'un véritable héros, poursuivit le tengol. Un héros fait ce qu'aucun homme n'ose entreprendre. Pour tuer les wendols, tu dois frapper à la tête et au cœur ; tu dois vaincre leur mère dans les grottes tonnantes. »

Je ne compris pas le sens de ces paroles.

« Tu le sais fort bien car cela a toujours été vrai à travers les âges. Tes valeureux guerriers devront-ils mourir un par un ? Ou frapperas-tu la mère dans les grottes ? Ceci n'est pas une prophétie, simplement le choix d'un homme ou d'un héros. »

Buliwyf alors répliqua quelque chose, mais d'une voix si basse que ses paroles se perdirent dans le hurlement du vent qui balayait l'entrée de la grotte. Quoi qu'il eût dit, le nain reprit :

« C'est la réponse du héros, Buliwyf, et je n'en attendais pas d'autre de toi. Aussi t'aiderai-je. »

Alors quelques-uns de ses semblables sortirent des coins obscurs de la grotte et s'avancèrent vers la lumière. Ils portaient maints objets.

« Voici, dit le tengol, des cordes faites avec la peau de phoques attrapés au début du dégel. Elles vous aideront à atteindre l'entrée des grottes tonnantes au-dessus de la mer.

– Merci, dit Buliwyf.

– Voici également sept poignards forgés avec de la vapeur et de la magie pour toi et tes guerriers. De grandes épées ne vous serviraient à rien dans les grottes tonnantes. Portez ces nouvelles armes avec vaillance et vous accomplirez tout ce que vous désirez. »

Buliwyf prit les poignards et remercia le nain. Il se leva. « Quand devrons-nous agir ? demanda-t-il.

– Hier de préférence à aujourd'hui, et demain de préférence au jour suivant. Hâte-toi donc et mets ton projet à exécution d'un cœur ferme et d'un bras d'acier.

– Et qu'adviendra-t-il si nous réussissons ?

– Alors les wendols seront mortellement blessés et ils se débattront une dernière fois dans les affres de la mort. Après cette ultime agonie, le pays connaîtra à jamais la paix et la lumière du soleil. Et ton nom glorieux sera chanté à jamais dans toutes les salles des pays du Nord.

– Les hauts faits des morts sont ainsi chantés.

– C'est vrai », reconnut le nain et il rit de nouveau, gloussant comme un enfant ou une jeune fille. « Et aussi les hauts faits des héros vivants, mais jamais les actions des hommes ordinaires. Tout cela, tu le sais. »

Buliwyf quitta la grotte et nous distribua les poignards des nains. Puis nous descendîmes des falaises rocheuses balayées par les vents et retournâmes dans le royaume et la grand-salle de Rothgar alors que la nuit tombait.

Tout cela eut réellement lieu ; je le vis de mes propres yeux.

Les événements de la nuit précédant l'attaque

Il n'y eut pas de brouillard cette nuit-là : il descendit des collines, mais resta pendu dans les arbres sans s'étendre sur la plaine. Dans la salle de Rothgar, on donna une immense fête ; Buliwyf et tous ses guerriers y assistèrent en grande pompe. On abattit et mangea deux gros moutons à cornes [1] ; chaque convive but de grandes quantités d'hydromel ; Buliwyf posséda une demi-douzaine de jeunes serves, et peut-être plus ; mais en dépit de ces plaisirs et de ces ébats, ni lui ni ses guerriers ne paraissaient vraiment joyeux. De temps à autre, ils lançaient un regard vers les cordes en peau de phoque et les poignards des nains qu'ils avaient mis de côté.

Je participai aux réjouissances générales car je me sentais l'un d'eux, ayant passé beaucoup de temps en leur compagnie, du moins à ce qu'il me semblait. En

1. Dahlmann (1924) écrit : « En certaines occasions cérémonielles, on mangeait le bélier pour augmenter la puissance, le mâle cornu étant jugé supérieur à la femelle. » En fait, à cette époque, brebis et bélier avaient tous deux des cornes.

vérité, cette nuit-là, j'eus l'impression d'être né normand.

Fort ivre, Herger me parla librement de la mère des wendols. Il dit : « La mère des wendols est très vieille. Elle vit dans les grottes tonnantes. Celles-ci se trouvent dans les falaises, non loin d'ici. Elles ont deux ouvertures : l'une donne sur la terre, l'autre sur la mer. Mais l'entrée côté terre est gardée par les wendols qui protègent leur vieille mère ; nous ne pouvons donc pas attaquer par là, car alors nous nous ferions tous massacrer. Par conséquent, nous attaquerons de la mer.

– Comment est-elle, cette mère des wendols ? » demandai-je.

Herger répondit qu'aucun Normand ne le savait, mais qu'on disait qu'elle était vieille, plus vieille que la vieille qu'ils appelaient l'ange de la mort ; et aussi qu'elle était horrible à voir ; et aussi qu'elle portait des serpents sur la tête en guise de couronne ; et aussi qu'elle était d'une force inouïe. Il ajouta que les wendols la consultaient pour toutes les affaires de leur vie [1]. Puis Herger se détourna de moi et dormit.

---

1. Joseph Cantrell note : « Les mythologies germanique et scandinave ont tendance à attribuer à la femme des pouvoirs spéciaux et des vertus magiques ; par conséquent, les hommes devraient les craindre et s'en méfier. Les principaux dieux sont des hommes, mais les Valkyries, mot qui signifie littéralement " celles qui choisissent les morts ", sont des femmes qui transportent les guerriers tués au paradis. On croyait qu'il y avait trois Valkyries, tout comme il y avait trois Nornes, ou Destins, qui assistaient à la naissance de chaque homme et déterminaient le cours de sa vie. Les Nornes s'appelaient Urth, le passé, Verthandi, le présent, et Skuld, l'avenir. Elles " tissaient " le destin de l'homme ; or, le tissage était une occupation féminine. Dans l'imagerie populaire, on les représentait comme des jeunes filles. Wyrd, une divinité anglo-saxonne, était également une déesse. L'association des femmes au destin de l'homme était probablement une permutation de la vieille conception de la femme comme symbole de fertilité ; des déesses de la

Or voici ce qui arriva : au milieu de la nuit, alors que la fête touchait à sa fin et que les guerriers s'assoupissaient, Buliwyf vint me trouver. Il s'assit à côté de moi et but de l'hydromel dans une corne. Je vis qu'il n'était pas ivre ; il parla en nordique, mais lentement afin que je puisse le comprendre.

Il me demanda d'abord : « As-tu saisi les paroles du nain tengol ? »

Je répondis que j'avais pu le faire grâce à l'aide de Herger qui maintenant ronflait près de nous.

Buliwyf dit : « Alors tu sais que je mourrai. » Il prononça ces mots les yeux clairs et le regard tranquille. Je ne sus que répondre à cela, mais finalement, je lui dis à la manière des Normands : « Ne crois en aucune prophétie avant qu'elle ne s'accomplisse [1]. »

---

fertilité dépendaient la croissance et la floraison des récoltes et tout ce qui vivait sur la terre. »

Cantrell écrit également : « En pratique, nous savons que dans la société nordique la divination, les sortilèges et autres fonctions chamanistes étaient réservés aux femmes âgées. Par ailleurs, l'idée qu'on se faisait généralement de la femme était empreinte de méfiance. Selon les *Havamal* : " Personne ne devrait croire les paroles d'une fille ou d'une femme mariée car leur cœur a été façonné sur un tour ; elles sont inconstantes de nature. " »

Bendixon dit : « Chez les premiers Scandinaves, il y avait une sorte de division des pouvoirs selon le sexe. Les hommes s'occupaient des affaires physiques, les femmes, des questions psychologiques. »

1. C'est la paraphrase d'un sentiment très répandu parmi les Normands et que ceux-ci exprimaient ainsi : « Loue la journée quand le soir est arrivé, la femme quand elle a été brûlée, l'épée quand elle a fait ses preuves, la jeune fille quand elle est mariée, la glace quand elle a été franchie, la bière quand elle a été bue. » Cette vue prudente, réaliste et quelque peu cynique de la nature humaine est une chose que les Scandinaves et les Arabes ont en commun. Et comme les Scandinaves, les Arabes l'expriment souvent d'une façon terre à terre ou satirique. Voici, par exemple, une histoire soufi. Un homme demande à un sage : « Supposons que je voyage dans la campagne et que je doive faire mes ablutions dans un ruisseau. Dans quelle direction dois-je me tourner pendant que j'accomplis ce rite ? » Le sage répond : « Dans la direction de tes vêtements pour qu'on ne te les vole pas. »

Buliwyf dit : « Tu as vu grand nombre de nos coutumes. Dis-moi la vérité. Dessines-tu les sons ? » Je répondis par l'affirmative. « Alors veille à ta sécurité, ne sois pas téméraire. Maintenant tu t'habilles et tu parles comme un Normand et non comme un étranger ; tâche de survivre. »

Je plaçai ma main sur son épaule comme j'avais vu ses guerriers le faire quand ils le saluaient. Alors il sourit. « Je ne crains rien, dit-il, et n'ai pas besoin de réconfort. Si je te dis de veiller à ta sécurité, c'est pour ton propre bien. Maintenant, le plus sage est de dormir. »

Là-dessus, il se tourna et consacra son attention à une jeune serve qu'il prit à moins d'une douzaine de pas de moi. Entendant cette femme gémir de rire, je me détournai. Enfin je sombrai dans le sommeil.

Les grottes tonnantes

Avant que les premières lueurs roses de l'aube n'éclairassent le ciel, Buliwyf, ses guerriers, et moi avec eux quittâmes le royaume de Rothgar sur nos chevaux et suivîmes le bord de la falaise au-dessus de la mer. J'étais, ce jour-là en très mauvais état : j'avais mal à la tête et des aigreurs d'estomac dues aux libations de la veille. Les guerriers de Buliwyf étaient certainement dans la même condition, pourtant aucun d'eux ne manifestait le moindre signe de malaise. Nous avancions à vive allure en longeant le bord des falaises qui, sur cette côte, sont hautes, menaçantes et abruptes : d'un seul bloc de pierre grise, elles tombent à pic dans la mer agitée et couverte d'écume. À certains endroits du rivage, il y a des plages rocheuses, mais souvent terre et mer se rencontrent directement, les vagues se brisent sur les rochers avec un bruit de tonnerre ; ce fut le cas pendant la plus grande partie du trajet.

J'aperçus Herger. Sur son destrier, il transportait les cordes en peau de phoque des nains. Je me portai en avant pour chevaucher à côté de lui. Je lui demandai ce que nous allions faire ce jour-là. En vérité cela m'était assez indifférent, tant j'avais mal à la tête et à l'estomac.

Herger me dit : « Ce matin, nous attaquons la mère des wendols dans les grottes tonnantes. Nous le ferons depuis la mer, comme je te l'ai dit hier. »

Tout en chevauchant, je regardai de ma monture en bas, vers la mer qui s'écrasait contre la falaise. « Attaquons-nous par bateau ? m'informai-je.

– Non », fit Herger en frappant sur les cordes en peau de phoque.

Je compris alors ce qu'il voulait dire : que nous devions descendre la falaise sur les cordes et ainsi pénétrer de quelque façon dans les grottes. Cette perspective m'effraya fort car je n'ai jamais aimé me trouver en des lieux élevés ; j'avais même évité les hauts bâtiments de la Cité de la Paix. C'est ce que je dis à Herger.

« Réjouis-toi alors, car tu es fortuné », répondit celui-ci.

Je lui demandai en quoi consistait ma bonne fortune.

« Si tu as peur des lieux élevés, répliqua-t-il, aujourd'hui sera le jour où tu pourras la surmonter. Ainsi tu auras affronté une épreuve difficile et seras déclaré un héros.

– Je ne veux pas être un héros », déclarai-je.

Cela fit rire mon compagnon. Il dit que je n'exprimais une opinion pareille que parce que j'étais un Arabe. Il ajouta que j'avais la tête raide, ce par quoi les Normands désignent les conséquences de la boisson. C'était vrai, comme je l'ai déjà dit.

Il était vrai aussi que la perspective de descendre la falaise me contrariait fort. En vérité, voici ce que je ressentais : que je devrais faire n'importe quoi sur la terre, coucher avec une femme qui a ses menstrues, boire dans une coupe en or, manger des excréments de cochon, m'arracher les yeux et même mourir – n'importe laquelle de ces actions plutôt que de descendre cette maudite falaise. J'étais également de mauvaise humeur.

Je dis à Herger : « Toi, Buliwyf et les autres, vous pouvez être des héros si cela vous plaît. Mais moi, je n'ai rien à voir avec toute cette affaire. Ne me comptez donc pas au nombre des vôtres. »

À ces mots, mon compagnon éclata de rire. Puis il appela Buliwyf et lui parla rapidement. Buliwyf lui répondit pardessus son épaule. Herger se tourna de nouveau vers moi : « Buliwyf dit que tu feras comme nous. »

En vérité, je sombrai alors dans le désespoir.

« Je ne peux pas faire cette chose, protestai-je. Si vous me forcez à la faire, je mourrai sûrement.

– Et comment mourras-tu ?

– Je perdrai prise. »

De nouveau, ma réponse fit rire Herger de bon cœur. Il répéta mes paroles aux autres Normands et tous rirent de ce que j'avais dit. Puis Buliwyf prononça quelques mots.

Herger traduisit : « Buliwyf dit que tu ne perdras prise que si tu lâches la corde, or seul un imbécile ferait une chose pareille. Buliwyf dit que tu es un Arabe, mais non un imbécile. »

Voici maintenant un aspect véridique de la nature humaine : Buliwyf ayant dit à sa façon que j'étais capable de grimper à la corde, je me mis à le croire aussi et cela me réconforta légèrement. Herger s'en aperçut. Il dit : « Chacun a une peur qui lui est personnelle. Tel homme a peur des espaces clos, tel autre de la noyade ; chacun d'eux se moque de l'autre et le traite de sot. Ainsi, la peur n'est qu'une préférence, tout comme on préfère telle femme à une autre, la viande de mouton à celle du cochon, le chou à l'oignon. Nous disons : la peur est la peur. »

Je n'étais pas d'humeur à écouter ses philosophailleries. Je le lui dis car, en vérité, je commençais à être plus près de la colère que de la peur. Alors Herger me rit au nez et prononça ces paroles : « Qu'Allah soit loué d'avoir placé la mort à la fin de la vie et non pas au début. »

Je répondis sèchement que je n'avais nulle envie d'en hâter la fin. « Certes, fit Herger, personne ne le désire. » Puis il ajouta : « Regarde Buliwyf. Vois comme il est assis droit, vois comme il avance, et pourtant il sait qu'il mourra bientôt.

– Je ne sais pas s'il mourra.

– Non, mais Buliwyf le sait. »

Puis Herger se tut. Nous continuâmes à chevaucher un bon moment, jusqu'à ce que le soleil fût haut et brillant dans le ciel. Alors Buliwyf donna enfin le signal de s'arrêter ; tous les hommes mirent pied à terre et se préparèrent à entrer dans les grottes tonnantes.

Je savais parfaitement que les Normands sont courageux à l'excès, mais quand je regardai le précipice au-dessous de nous, mon estomac se retourna dans ma poitrine et je crus que j'allais vomir d'un instant à l'autre. En vérité, la falaise tombait absolument à pic ; elle n'offrait aucune prise pour la main ou pour le pied et elle descendait sur une distance d'environ quatre cents pas. En vérité, les vagues qui se brisaient contre le roc étaient si loin au-dessous de nous qu'elles ressemblaient à des vagues miniatures, minuscules comme dans le plus délicat dessin artistique. Pourtant je savais qu'elles étaient aussi grandes que toutes les autres vagues sur terre une fois que l'on descendait à leur niveau, tout en bas.

Pour moi, descendre cette falaise était une folie pire que celle d'un chien écumant. Mais les Normands agissaient avec naturel. Buliwyf donna l'ordre d'enfoncer de gros pieux dans la terre ; on attacha un bout des cordes à ces points fixes et on lança l'autre par-dessus le bord de la paroi rocheuse.

En vérité, les cordes n'étaient pas assez longues pour une distance pareille ; nous fûmes obligés de les remonter et d'en nouer deux ensemble pour obtenir une seule longueur qui atteignît les brisants.

Bientôt nous eûmes deux de ces cordes qui arrivaient au pied de la falaise. Alors Buliwyf parla à sa troupe : « Je descendrai le premier, de sorte que, lorsque je parviendrai en bas, vous saurez tous que les cordes sont solides et que vous pouvez effectuer le trajet. Je vous attendrai sur cette étroite corniche que vous voyez là, en bas. »

Je regardai cette étroite corniche. La qualifier d'étroite c'était comme dire qu'un chameau est gentil. Il s'agissait, en fait, d'une minuscule bande de rocher plat constamment lavée et battue par les flots.

« Quand nous serons réunis en bas, dit Buliwyf, nous pourrons attaquer la mère des wendols dans les grottes tonnantes. » Ainsi parla-t-il, et cela de sa voix ordinaire, comme s'il ordonnait à une esclave de préparer un ragoût ou d'exécuter toute autre tâche ménagère. Puis, sans ajouter un mot, il enjamba la falaise.

Je vais vous décrire la façon dont il descendit et que je trouvai remarquable, bien que les Normands n'y vissent rien de particulier. Selon Herger, ils utilisaient cette méthode pour recueillir des œufs d'oiseau de mer à certaines époques de l'année, quand ces animaux construisent leurs nids sur la paroi rocheuse. Le grimpeur noue une corde autour de la taille, puis tous ses compagnons peinent pour le descendre. En même temps, pour se soutenir, le grimpeur s'agrippe à la deuxième corde qui pend sur la face de la falaise. En outre, il porte un gros bâton en chêne fixé par un bout à son poignet au moyen d'une lanière de cuir ou d'une courroie, ce bâton il s'en sert pour se pousser ici et là alors qu'il glisse vers le bas de la surface rocheuse [1].

Pendant que Buliwyf descendait et devenait de plus en plus petit, je constatai qu'il manœuvrait très habilement le nœud, la corde et le bâton ; toutefois, je ne commis pas l'erreur de croire que c'était aisé : je voyais que c'était un exercice difficile qui exigeait de l'entraînement.

Enfin, il arriva en bas et se tint sur l'étroite corniche, avec les vagues qui se brisaient sur lui. En fait, il était si loin qu'on le voyait à peine agiter la main, signe qu'il était sain et sauf. Puis les guerriers remontèrent la corde et, avec elle, le bâton en chêne. Herger se tourna vers moi : « C'est à toi », dit-il.

Je répondis que je me sentais mal et aussi que je désirais voir descendre un autre homme afin de mieux étudier la façon dont il s'y prenait.

---

1. Dans les îles Féroé, au Danemark, on continue d'employer une méthode similaire pour dénicher des œufs d'oiseaux qui constituent une importante source de nourriture pour les habitants.

Herger déclara : « À chaque descente cela deviendra plus difficile parce qu'il restera moins d'hommes en haut pour t'aider. Le dernier n'aura même plus le soutien du nœud. Ce sera Ecthgow car il a des bras de fer. En te permettant de descendre le second, nous te faisons une faveur. Vas-y. »

Dans ses yeux, je vis que tout espoir de délai était vain. On me mit la corde autour de la taille et je pris le bâton dans mes mains glissantes de sueur ; tout mon corps était pareillement glissant de sueur. Quand je passai par-dessus le bord de la falaise, je frissonnai dans le vent ; pour la dernière fois, j'aperçus les cinq Normands qui tenaient la corde, puis ils disparurent de ma vue. Je descendis.

J'avais eu l'intention d'adresser maintes prières à Allah et aussi d'enregistrer dans l'œil de mon esprit et dans la mémoire de mon âme les nombreuses expériences que doit faire un homme qui pend à une corde sur une falaise fouettée par le vent. Mais, une fois hors de vue de mes amis normands, au-dessus, j'oubliai ma résolution et me contentai de murmurer inlassablement : « Qu'Allah soit loué », comme un vieillard dont le cerveau ne fonctionne plus, un enfant ou un idiot.

En fait, je me souviens à peine de ce qui se passa. Seulement de ceci : le vent me balançait d'avant en arrière à une vitesse telle que je n'avais plus qu'une vision confuse de la paroi ; maintes fois, je heurtai le roc, m'ébranlant les os et m'écorchant la peau ; une fois, je me cognai la tête et vis des points blancs et brillants, pareils à des étoiles, devant les yeux ; je crus que j'allais m'évanouir, mais je n'en fis rien. Au bout d'un moment, qui, en vérité, me sembla durer toute une vie, j'arrivai en bas. Buliwyf me tapa sur l'épaule et dit que je m'en étais bien tiré.

On remonta le nœud. Les vagues s'abattirent sur moi et sur Buliwyf, à mes côtés. Je luttai maintenant pour garder mon équilibre sur la corniche glissante et cela occupa tant mon attention que je ne regardai pas les autres descendre. Je n'avais qu'un seul désir : éviter d'être emporté. En vérité, de mes propres yeux je vis que les vagues étaient plus hautes que trois hommes debout les uns sur les autres et, lorsque l'une d'elles me frappait, je restais un moment comme inconscient dans un tourbillon d'eau glacée. Je tombai maintes fois ; j'étais trempé de la tête aux pieds ; je tremblais si fort que mes dents claquaient comme les sabots d'un cheval au galop, de sorte que j'étais incapable d'articuler un mot.

Les guerriers de Buliwyf descendirent un à un ; tous arrivèrent à bon port. Ecthgow descendit le dernier, à la force de ses seuls bras ; quand il toucha enfin terre, ses jambes se mirent à trembler de manière irrépressible comme un homme secoué des frissons de la mort ; nous attendîmes qu'il redevînt normal.

Puis Buliwyf dit : « Nous allons plonger et nager jusqu'à la grotte. Je sauterai le premier. Portez votre poignard entre les dents ; de la sorte, vous aurez les bras libres pour lutter contre le courant. »

Ces paroles insensées s'abattirent sur moi à un moment où je pensais être au bout de mes forces. À mes yeux, le plan de Buliwyf était la pire des folies. Je voyais les vagues déferler et se briser sur les rochers pointus, puis je les voyais repartir comme tirées par une main géante, mais ce seulement pour reprendre des forces et revenir à l'assaut. En vérité, je regardai la mer et me dis que personne ne pouvait nager dans cette eau sans se faire broyer instantanément.

Toutefois, je ne protestai pas. Selon moi, j'étais si près de la mort que m'en rapprocher davantage n'avait pas d'importance. Je pris donc mon poignard et le coinçai dans ma ceinture car mes dents claquaient trop fort pour le garder dans ma bouche. Les autres Normands ne semblaient souffrir ni du froid ni de la fatigue ; au contraire : ils accueillaient chaque vague comme un revigorant nouveau ; et ils souriaient dans l'heureuse attente de la prochaine bataille, chose pour laquelle je les hais.

Buliwyf observa le mouvement des flots, puis choisissant son moment, il sauta dans le ressac. J'hésitai, mais quelqu'un – et j'ai toujours pensé que c'était Herger – me poussa. Je m'enfonçai dans la mer tourbillonnante d'un froid engourdissant ; en vérité, je roulai cul par-dessus tête et aussi de côté ; à part l'onde verte, je ne voyais rien. Puis j'aperçus Buliwyf : il foulait l'eau dans les profondeurs de l'océan. Je le suivis. Il entra dans une sorte de couloir entre les rochers. Je l'imitai en tout. Voici ce qu'il faisait : à un moment donné, le ressac l'attrapait et essayait de l'entraîner au large, moi avec lui. Alors Buliwyf agrippait un rocher pour résister au courant ; je faisais de même. Je m'accrochais désespérément au récif avec l'impression que mes poumons allaient éclater. Puis, l'instant d'après, les flots se mouvaient en sens contraire ; j'étais projeté en avant à une vitesse effroyable et rebondissais sur les obstacles. Puis, de nouveau, la mer changeait, tirait en arrière comme plus tôt et j'étais obligé de me cramponner aux rochers, à l'exemple de Buliwyf. Or, mes poumons brûlaient comme du feu et je savais au fond de moi que je ne pourrais rester beaucoup plus longtemps dans cette eau glacée. C'est alors qu'une lame déferlante m'emporta et me projeta en avant, la tête la première; je me cognai ici et là, puis, soudain, je fus debout et respirai de l'air.

En vérité, tout cela se passa si vite et j'en fus si surpris que je ne songeai même pas à éprouver du soulagement, sentiment qui s'imposait; pas plus que je ne songeai à remercier Allah de m'avoir permis de survivre. J'aspirai l'air avec avidité; tout autour de moi, les guerriers de firent surface et respirèrent comme moi.

Or, voici ce que je vis : nous étions dans une sorte de mare ou de lac, à l'intérieur d'une grotte surmontée d'un dôme de pierre lisse et pourvue d'une entrée donnant sur la mer par laquelle nous venions de pénétrer. Devant nous s'étendait un espace rocheux plat. J'aperçus trois ou quatre formes sombres assises devant un feu : ces êtres chantaient d'une voix aiguë. Je compris aussi pourquoi on appelait cet endroit la grotte tonnante : le bruit des vagues s'y répercutait avec une telle puissance que les oreilles vous en faisaient mal et que l'air semblait vibrer et vous presser.

En ce lieu, dans cette caverne, Buliwyf et ses guerriers attaquèrent. Je me joignis à eux. Avec nos poignards courts, nous tuâmes quatre démons. Pour la première fois, je les vis nettement à la lumière vacillante du feu dont les flammes bondissaient très haut à chaque ressac. Je vais vous décrire ces êtres : ils avaient l'air humain à tous égards, mais comme nul autre homme sur la terre. Ils étaient petits, gros, trapus et entièrement recouverts de poils sauf sur la paume, la plante des pieds et la figure. Celle-ci était fort laide : très grande, avec une grande bouche et de grosses mâchoires proéminentes ; leur tête aussi était plus grande que celle d'un homme ordinaire. Ils avaient les yeux profondément enfoncés dans les orbites, de grands fronts osseux et aussi de grosses dents pointues.

Pour ce qui était des autres caractéristiques corporelles, des organes génitaux et des divers orifices, ils étaient aussi pareils à des hommes [1]. Un de ces êtres mettait du temps à mourir ; avec sa langue, il forma quelques sons qui, à mon oreille, eurent la qualité de la parole ; mais je ne sais s'il parlait vraiment et rapporte ce fait sans la moindre certitude.

Buliwyf examina les monstres morts aux épais poils emmêlés ; puis nous entendîmes un chant d'outre-tombe renvoyé par l'écho, un son qui montait et descendait avec le tonnerre du ressac et qui sortait des recoins de la caverne. Buliwyf nous mena dans les profondeurs de l'antre.

Là nous trouvâmes trois de ces êtres prosternés sur le sol, le visage pressé contre la terre et les mains levées en un geste de supplication vers une vieille créature tapie dans l'ombre. Comme les suppliants chantaient, ils ne nous entendirent pas venir. Mais la créature nous aperçut et poussa des cris horribles à notre approche. Je compris que c'était la mère des wendols ; toutefois, si elle était femme, cela ne se voyait pas car elle était vieille au point d'être asexuée.

Buliwyf, seul, se jeta sur les suppliants et les tua tous, pendant que la mère reculait dans l'ombre en poussant

---

1. Comme on pouvait le prévoir, cette description des traits physiques des wendols a déclenché un débat. Voir l'appendice.

des cris affreux. Je la voyais mal, mais je peux dire ceci : elle était entourée de serpents ; il y en avait lovés à ses pieds, enroulés autour de ses mains et de son cou. Ils sifflaient et dardaient leurs langues ; comme ils grouillaient sur la mère et aussi sur le sol, aucun des guerriers n'osait approcher.

Alors Buliwyf l'attaqua. Elle hurla de façon effroyable quand, sans se soucier des reptiles, il lui plongea son poignard dans la poitrine. Il la frappa maintes fois, mais la femme ne tombait pas : elle restait debout, malgré le sang qui jaillissait d'elle comme d'une fontaine et des nombreuses blessures que Buliwyf lui avait infligées. Et cela sans jamais cesser de pousser des cris épouvantables.

Enfin elle s'écroula, morte. Buliwyf se tourna vers ses guerriers. Alors nous nous aperçûmes que cette femme, la mère des mangeurs de morts, l'avait blessé. Une épingle en argent, une de ces longues épingles à cheveux, était plantée dans son estomac où elle tremblait à chaque battement de cœur. Buliwyf l'arracha. Un jet de sang s'échappa de sa poitrine, mais Buliwyf ne s'affaissa pas, mortellement blessé : debout, il donna l'ordre de quitter la grotte.

C'est ce que nous fîmes, par la seconde entrée qui donnait sur la terre ; elle avait été gardée, mais, entendant les cris de leur mère moribonde, les wendols s'étaient tous enfuis. Nous partîmes sans être inquiétés. Buliwyf nous conduisit depuis les grottes jusqu'aux chevaux : là, il s'effondra sur le sol.

Avec une expression de tristesse inhabituelle chez les Normands, Ecthgow surveilla la confection d'une litière [1]. Sur celle-ci, nous transportâmes Buliwyf à tra-

1. *Lectulus.*

vers champs jusqu'au royaume de Rothgar. Pendant tout le trajet, le chef normand se montra serein et gai ; grand nombre de ses paroles m'échappèrent, mais à un moment, je l'entendis dire : « Rothgar ne sera pas très heureux de nous voir car il va être obligé de nous offrir un autre banquet. Or, c'est un hôte bien démuni maintenant. » Cette boutade, et d'autres encore, firent rire les guerriers. Je vis qu'ils riaient sincèrement.

Nous arrivâmes au royaume de Rothgar où nous fûmes accueillis avec beaucoup de joie et d'acclamations, et sans tristesse, bien que Buliwyf fût grièvement blessé : sa chair était devenue grise, il tremblait et ses yeux brillaient de fièvre et de maladie. Je ne connaissais que trop bien ces signes ; les hommes du Nord aussi.

On apporta à Buliwyf un bol de soupe d'oignon, mais il la refusa en disant : « J'ai la maladie de la soupe. Ne vous dérangez pas pour moi. » Puis il demanda un festin qu'il tint à présider, assis, calé par des coussins, sur une couche de pierre, près du roi Rothgar. Il but de l'hydromel et se montra joyeux. Je me trouvais près de lui quand il dit à Rothgar, au milieu des réjouissances : « Je n'ai pas d'esclaves.

– Tous mes esclaves sont les tiens, répondit le roi.

– Je n'ai pas de chevaux.

– Tous mes chevaux sont les tiens, répondit Rothgar. Ne pense plus à ces choses. »

Alors, ses plaies pansées, Buliwyf fut heureux. Il sourit. Il reprit des couleurs ce soir-là et, en fait, on eût dit qu'il regagnait des forces à chaque minute qui passait. Et, bien que je l'eusse tenu pour impossible, il posséda une serve. Ensuite, il me dit en plaisantant : « Un mort ne sert à rien. »

Puis il s'endormit ; son teint pâlit et sa respiration faiblit ; je craignis qu'il ne se réveillât pas. Il avait dû penser la même chose car, tout en dormant, il serrait son épée dans sa main.

L'agonie des wendols

Je m'endormis aussi. Herger me réveilla par ces mots : « Viens vite. » Alors j'entendis un bruit lointain de tonnerre. Je tournai les yeux vers la fenêtre en vessie [1] : il ne faisait pas encore jour. Toutefois, je saisis mon épée ; en fait, répugnant à l'enlever, je m'étais endormi dans mon armure. Puis je me précipitai dehors. C'était l'heure précédant l'aube ; l'air brumeux résonnait du martèlement de sabots lointains.

Herger me dit : « Les wendols arrivent. Ils savent que Buliwyf est mortellement blessé et viennent chercher une dernière vengeance pour le meurtre de leur mère. »

Tous les guerriers de Buliwyf, et moi avec eux, prîmes position sur le pourtour des fortifications que nous avions dressées contre les wendols. C'étaient de piètres défenses, mais nous n'en avions point d'autres. Nous scrutâmes le brouillard, essayant d'apercevoir les cavaliers qui dévalaient vers nous. Je m'attendais à

1. *Fenestra porcus* : littéralement « fenêtre de porc ». Au lieu de verre, les Norvégiens employaient des membranes tendues pour couvrir les fenêtres étroites ; ces membranes étaient translucides. On ne voyait pas grand-chose à travers, mais au moins elles laissaient passer la lumière.

avoir grand-peur, mais il n'en fut rien : j'avais vu les wendols et savais qu'ils étaient des créatures sinon humaines, du moins aussi semblables à l'homme que le sont les singes ; je les savais mortels.

Ainsi n'éprouvais-je aucune crainte, sauf celle de l'attente de cette bataille finale. J'étais seul en cela : je m'aperçus en effet que les guerriers de Buliwyf manifestaient une grande frayeur, malgré les efforts qu'ils faisaient pour la cacher. En vérité, tout comme nous avions tué la mère des wendols, leur chef, nous avions perdu Buliwyf, notre chef ; aussi fut-ce sans la moindre joie que nous attendîmes l'approche du tonnerre.

Soudain j'entendis un bruit derrière moi. Quand je me tournai, voici ce que je vis : pâle comme le brouillard, de blanc vêtu et ses blessures bandées, Buliwyf se dressait sur la terre du royaume de Rothgar. Sur ses épaules étaient assis deux corbeaux noirs, un de chaque côté ; à sa vue, les guerriers l'acclamèrent ; ils levèrent leurs armes en l'air et poussèrent des cris de guerre [1].

---

1. Cette partie du manuscrit est un assemblage fait à partir du manuscrit de Razi qui, lui, s'intéressait surtout aux techniques militaires. On ignore si Ibn Fadlan savait, ou rapporta, ce que signifiait la réapparition de Buliwyf. Razi, en tout cas, n'en parle pas, bien que cette signification soit évidente. Dans la mythologie nordique, Odin est généralement représenté avec un corbeau sur chaque épaule. Ces oiseaux lui apportent les nouvelles du monde. Principale divinité du panthéon nordique, Odin était considéré comme le Père Universel. Il régissait surtout le domaine de la guerre. On croyait qu'il descendait de temps à autre parmi les hommes, quoique rarement sous sa forme divine : il préférait prendre l'apparence d'un simple voyageur. On disait que sa seule présence faisait fuir l'ennemi, épouvanté.

Il est intéressant de noter que dans une des légendes, Odin est tué et ressuscité au bout de neuf jours ; la plupart des spécialistes pensent que cette idée est antérieure à toute influence chrétienne. Quoi qu'il en soit, une fois ressuscité, Odin demeurait mortel et l'on croyait qu'un jour il mourrait pour toujours.

Buliwyf resta silencieux, il ne regarda ni à droite ni à gauche et ne fit signe à quiconque ; à pas mesurés, il s'avança au-delà de la ligne fortifiée et attendit l'assaut des wendols. Les corbeaux s'envolèrent. Buliwyf serra son épée Runding et affronta l'ennemi.

Les mots ne peuvent décrire l'attaque finale des wendols dans l'aube embrumée. Les mots ne peuvent dire le sang répandu, les cris qui remplissaient l'air épais, les chevaux et les cavaliers qui mouraient dans d'horribles souffrances. De mes propres yeux, je vis Ecthgow aux bras d'acier : en vérité, sa tête fut abattue par un glaive wendol et rebondit sur la terre comme une marotte, la langue bougeant encore dans la bouche. Je vis aussi une lance transpercer la poitrine de Weat : épinglé au sol, le guerrier se tordit comme un poisson tiré hors de l'eau. Je vis une petite fille piétinée par les sabots d'un cheval, son corps écrasé et des flots de sang sortir de son oreille. Je vis également une femme, une esclave de Rothgar : son garçon fut coupé en deux alors qu'elle s'enfuyait devant un cavalier. Je vis maints enfants mourir ainsi. Je vis des chevaux se cabrer et plonger, désarçonnant leur cavalier : couché, étourdi, sur le sol, celui-ci était alors attaqué par des vieillards qui le tuaient. Je vis aussi Wiglif, le fils de Rothgar, abandonner le combat et se cacher lâchement en lieu sûr. Quant au héraut, je ne le vis pas ce jour-là.

Pour ma part, je tuai trois wendols et reçus une lance dans l'épaule : ce fut aussi douloureux que de sauter dans le feu ; mon sang bouillit tout le long de mon bras ainsi que dans ma poitrine ; je crus que j'allais m'effondrer, mais je continuai à me battre.

Puis le soleil perça la brume et ce fut le matin ; le brouillard disparut et les cavaliers aussi. À la lumière du jour, je vis des cadavres partout, y compris ceux de maints wendols car les monstres n'avaient pas ramassé leurs morts. C'était là un signe certain de leur fin : ils étaient en désarroi et ne pourraient plus attaquer Rothgar. Les gens du royaume le savaient et se réjouissaient fort.

Herger lava ma blessure. Il exultait, du moins jusqu'à ce qu'on apportât le corps de Buliwyf dans la grand-salle. Buliwyf était plus que mort : son corps avait été taillé en pièces par les glaives d'une douzaine d'adversaires ; son sang encore chaud inondait toute sa personne. À cette vue, Herger fondit en larmes ; pour le cacher, il se détourna de moi, mais c'était inutile : je sentis moi-même des pleurs me brouiller la vue.

On déposa Buliwyf devant Rothgar. Le roi avait alors pour devoir de prononcer un discours ; le vieil homme, cependant, en fut incapable. Il se contenta de dire : « C'était un guerrier et un héros digne des dieux. Enterrez-le comme un grand roi. » Puis il quitta la salle. Je suppose qu'il avait honte parce qu'il n'avait pas pris part à la bataille. Et aussi parce que son fils Wiglif s'était enfui comme un couard ; maints sujets l'avaient vu et qualifiaient Wiglif de femmelette. Ou peut-être y avait-il une autre raison que j'ignore. En vérité, Rothgar était très vieux.

Or voilà que Wiglif chuchota au héraut : « Ce Buliwyf nous a rendu grand service, surtout celui d'être mort à la fin. » Ainsi parla-t-il quand le roi son père eut quitté la salle.

Herger entendit ces paroles, et moi aussi. Je fus le premier à tirer mon épée. Herger me dit : « Ne te bats pas avec cet homme, car c'est un renard et tu es blessé.

– Quelle importance ? » répliquai-je et je défiai aussitôt Wiglif, sur place. Le fils du roi tira son épée. Alors

Herger me donna un grand coup de pied, ou quelque autre coup par-derrière. Surpris, je m'étalai par terre. Alors Herger engagea le combat avec Wiglif. Le héraut lui aussi prit les armes ; il se glissa sournoisement vers Herger dans l'intention de se placer derrière lui et de le frapper dans le dos. Cet homme, je le tuai moi-même en lui plongeant mon glaive dans le ventre ; quand je l'empalai, il hurla. Wiglif l'entendit et, bien qu'il se fût battu sans peur jusque-là, il se mit à montrer une grande frayeur dans son combat avec Herger.

Or voici qu'entendant le cliquetis des armes, le roi Rothgar revint dans la salle ; il supplia les adversaires de cesser le combat. En vain, car Herger maintint sa résolution. En vérité, je le vis debout, jambes écartées, au-dessus du corps de Buliwyf ; il brandit son épée et frappa Wiglif. Celui-ci tomba sur la table de Rothgar, saisit la coupe du roi et l'approcha de ses lèvres, mais il mourut sans avoir bu. Et c'est ainsi que se termina l'affaire.

Maintenant, de la troupe de Buliwyf, qui avait compté treize hommes, il n'en restait plus que quatre, dont moi. Nous étendîmes Buliwyf sous un dais en bois et laissâmes son corps avec une coupe d'hydromel dans les mains. Puis Herger demanda aux gens assemblés là : « Qui de vous mourra avec ce noble seigneur ? » Alors une femme, une esclave de Rothgar, répondit : « Moi. » Puis on procéda aux préparatifs habituels des Normands.

Bien que Ibn Fadlan ne le précise pas, sept jours ont dû s'écouler entre ce moment-là et les funérailles.

Un bateau fut installé sur la grève, au-dessous de la salle de Rothgar ; on y déposa des trésors d'or et d'argent et aussi les carcasses de deux chevaux. On dressa une tente sur le navire et l'on y plaça Buliwyf, maintenant figé dans la mort. Dans ce climat froid, son corps avait pris une couleur noire. Puis on amena l'esclave à chacun des guerriers de Buliwyf, à moi aussi, et je la connus charnellement. Elle me dit : « Mon maître te remercie. » Sa figure et son attitude exprimaient une allégresse qui dépassait la bonne humeur que son peuple montre d'ordinaire. Alors qu'elle remettait ses vêtements richement ornés d'or et d'argent, je lui dis : « Tu es joyeuse. »

J'avais à l'esprit qu'elle était belle et jeune, et pourtant condamnée à mourir bientôt, ce qu'elle savait, tout comme moi. Elle me répondit : « Oui, je le suis, parce que je verrai bientôt mon maître. » Elle n'avait pas encore bu l'hydromel et parlait donc du fond du cœur. Son visage rayonnait comme celui d'un enfant heureux ou de certaines femmes enceintes.

« Dis à ton maître, quand tu le verras, que j'ai vécu pour écrire. » Je ne sais si la fille comprit mes paroles. J'ajoutai : « Tel était son désir.

– Alors je le lui dirai », répondit la jeune esclave, puis, pleine d'entrain, elle alla vers le prochain guerrier de Buliwyf. J'ignore si elle m'avait compris car, pour les Normands, écrire c'est seulement graver dans le bois ou dans la pierre, ce qu'ils font, mais rarement. En outre, ma phrase en langue nordique n'était pas claire.

Le soir, quand le soleil descendit dans la mer, le bateau de Buliwyf fut préparé sur la plage et la jeune fille emmenée sous la tente. La vieille appelée l'ange de la mort enfonça le poignard entre ses côtes et Herger et moi tirâmes les bouts du lacet qui l'étrangla. Nous l'assîmes auprès de Buliwyf, puis nous partîmes.

Je n'avais pas bu ni mangé de la journée : sachant que je devais participer à cette affaire, je ne voulais pas qu'une envie de vomir vienne m'embarrasser. Mais aucune des actions du jour ne m'inspira de la répulsion et je ne me sentais ni malade ni le cerveau vide. J'en étais secrètement fier. Il est vrai aussi qu'au moment de mourir, la jeune fille avait souri ; elle avait conservé cette expression, de sorte qu'elle était assise à côté de son maître avec le même sourire sur sa figure pâle. Buliwyf avait les yeux clos, mais il portait une expression calme sur sa figure noire. C'est la dernière image que je garde de ces deux Normands.

Le bateau de Buliwyf fut incendié et poussé dans la mer. Debout sur la grève rocheuse, les Normands invoquèrent longuement leurs dieux. De mes propres yeux, je vis les courants emporter le bûcher. Puis celui-ci disparut et l'obscurité de la nuit tomba sur le pays du Nord.

Le départ du pays du Nord

Je passai quelques semaines de plus en compagnie des guerriers et des seigneurs du royaume de Rothgar. Ce fut là une période agréable : les gens étaient aimables et hospitaliers ; ils me prodiguèrent des soins attentifs et mes blessures guérirent, qu'Allah soit loué. Mais bientôt j'éprouvai le désir de retourner dans mon pays. Je fis savoir au roi Rothgar que j'étais l'émissaire du calife de Bagdad, que je devais remplir la mission dont il m'avait chargé ou encourir son courroux.

De tout ceci, Rothgar fit peu de cas. Il dit que j'étais un noble guerrier, qu'il souhaitait que je demeurasse dans son royaume pour y mener une vie conforme à ma condition. Il dit que j'étais son ami pour toujours et qu'il me donnerait tout ce que je désirais dans la mesure de ses moyens. Il répugnait toutefois à me laisser partir et inventa toutes sortes d'excuses pour me retenir. Il dit que je devais soigner mes blessures, pourtant celles-ci étaient visiblement guéries ; que je devais recouvrer mes forces, quoiqu'il fût évident que celles-ci m'étaient revenues. Enfin, il dit que je devais attendre qu'on armât un bateau, ce qui n'était pas une mince affaire ; quand je lui demandai à quel moment serait entrepris pareil travail, le roi me donna une réponse vague, comme si la question ne l'intéressait que médiocrement. Les fois où j'insistai pour partir, il se fâcha et me demanda si j'avais à me plaindre de son hospitalité, ce qui m'obligea à touer sa bonté et à exprimer mon contentement de toutes sortes de façons. Bientôt, je me dis que le vieux roi était moins fou qu'il n'y paraissait.

J'allai voir Herger et lui parlai de mes ennuis. « Le roi est moins sot que je ne le croyais, dis-je.

– Tu te trompes : c'est un sot. Il agit en dépit du bon sens », répondit Herger. Il promit d'obtenir pour moi la permission de partir.

Voici comment il s'y prit : il demanda au roi une audience privée ; puis il lui dit qu'il était un sage et puissant souverain, aimé et respecté par son peuple en vertu de la façon dont il s'occupait des affaires du royaume et du bien-être de ses sujets. Ces flatteries attendrirent le vieillard. Herger lui rappela ensuite que, de ses cinq fils, un seul survivait : Wulfgar, qu'il avait envoyé comme messager à Buliwyf et qui maintenant demeurait au loin. Le jeune homme devait être rappelé chez lui et une expédition préparée dans ce but, car Wulfgar était maintenant l'unique héritier.

Toutes ces choses, il les dit au roi. Je pense qu'il parla aussi secrètement à la reine Weilew qui avait beaucoup d'influence sur son mari.

Il arriva donc qu'à un banquet du soir, le roi donna l'ordre d'armer un navire et de réunir un équipage pour aller quérir Wulfgar et le ramener dans le royaume. Je demandai à faire partie de l'équipage ; cela, le vieux roi ne put me le refuser. La préparation de bateau prit plusieurs jours. Je passai le plus clair de ce temps avec Herger. Mon ami avait décidé de rester.

Un jour nous nous tenions sur la falaise et regardions la plage, en bas, où l'on chargeait le vaisseau de provisions pour la traversée. Herger me dit : « Tu entreprends un long voyage. Nous prierons pour ta sécurité. »

Je lui demandai qui il prierait. Il répondit : « Odin, et Frey, et Thor, et Wyrd, et les nombreux autres dieux qui peuvent t'assurer un bon voyage. » Ce sont les noms des dieux des Normands.

Je dis : « Je crois en un seul Dieu : Allah, le Miséricordieux.

– Je le sais. Dans ton pays, un seul dieu suffit peut-être, mais, ici, nous en avons plusieurs et tous ont leur importance. Nous les prierons donc tous pour toi. »

Alors je le remerciai, car les prières d'un non-croyant sont valables pour autant qu'elles soient sincères, et je ne doutais pas de la sincérité de Herger.

Herger savait depuis longtemps que j'avais une autre foi ; pourtant, à l'approche de mon départ, il m'interrogea souvent de nouveau sur mes croyances, et cela à des moments inattendus, comme s'il voulait me surprendre et apprendre ainsi la vérité. Je compris que toutes ses questions étaient une sorte d'épreuve, comme Buliwyf avait un jour mis à l'épreuve ma connaissance de l'écriture. Je lui répondais toujours de la même façon, ce qui augmentait sa perplexité.

Un jour, il demanda, comme si c'était pour la première fois :

« Quelle est la nature de ton dieu, Allah ? »

Je répondis : « Il n'y a de Dieu qu'Allah. Il règne sur tout, voit tout, sait tout et dispose de tout. » Je lui avais déjà dit ces mêmes paroles auparavant.

Au bout d'un instant, Herger demanda : « Ne le mets-tu jamais en colère, ton Allah ?

– Oui, mais Il est bon et miséricordieux.
– Quand cela lui convient ? »

Je répondis par l'affirmative. Herger réfléchit un moment. Finalement, il dit en secouant la tête : « Le risque est trop grand. On ne peut mettre trop de confiance en une seule chose, que ce soit une femme, un cheval, une arme ou quoi que ce soit d'autre d'unique.

– Pourtant je le fais.
– C'est ton affaire. Il y a trop de choses que l'homme ne connaît pas. Et ce que l'homme ne connaît pas est du domaine des dieux. »

Je compris alors que je ne pourrais jamais le convertir à ma croyance, ni lui à la sienne. Ainsi nous nous séparâmes. Ce furent de tristes adieux, en vérité ; c'est le cœur lourd que je quittai Herger et les autres guerriers. Herger éprouvait le même sentiment. Je serrai son épaule, et lui, la mienne ; puis je m'embarquai sur le bateau noir qui m'emmena au pays de Dans. Alors que le navire et son équipage s'éloignaient des rivages de Venden, j'aperçus le faîtage luisant de la salle Hurot, puis, me tournant, le vaste océan gris devant nous. Maintenant, il arriva que

Le manuscrit se termine brusquement là, à la fin d'une page transcrite par les deux seuls mots : nunc fit. *Bien qu'il y ait de toute évidence une suite, on ne l'a jamais trouvée. Bien entendu il s'agit là d'un pur hasard historique. Cependant tous les traducteurs ont commenté l'étrange à-propos de cette fin abrupte qui semble indiquer le début d'une nouvelle aventure, un nouveau spectacle étonnant. À cause des raisons les plus arbitraires du dernier millénaire, nous ne les connaîtrons jamais.*

Appendice : Les monstres du brouillard

Comme l'a fait remarquer William Howells, il est rare qu'un animal meure de telle façon qu'il reste conservé à l'état de fossile pour les siècles à venir. Ceci est particulièrement vrai pour l'animal petit, fragile et terrestre qu'est l'homme : on a trouvé très peu de restes fossiles humains des premiers âges.

Les schémas scolaires de l'hominisation impliquent une certitude scientifique trompeuse : l'arbre généalogique de l'espèce humaine est élagué et révisé toutes les quelques années. L'une des branches les plus controversées et les plus gênantes de cet arbre est celle qu'on appelle généralement « l'homme du Néanderthal ».

Il tient son nom d'une vallée en Allemagne où les premiers restes de son type furent découverts en 1856, trois ans avant la publication de l'ouvrage de Darwin : *De l'origine des espèces.* Le monde victorien accueillit ces ossements avec déplaisir. Il commenta l'aspect grossier et brutal de cet ancêtre dont le nom, dans l'imagination populaire, est jusqu'à ce jour synonyme de tout ce qui est stupide et bestial dans la nature humaine.

Ce fut avec une sorte de soulagement que les savants de cette époque décidèrent que l'homme du Néanderthal avait « disparu » depuis environ 35 000 ans, remplacé par celui de Cro-Magnon, dont les restes étaient censés montrer autant de délicatesse, de sensibilité et d'intelligence que le crâne néanderthalien montrait de monstrueuse bestialité. On supposait généralement que cet homme moderne et supérieur de Cro-Magnon avait tué celui du Néanderthal.

Mais, en fait, nous avons très peu de bons exemples de l'homme du Néanderthal parmi les éléments de squelette dont nous disposons : de quatre-vingts fragments connus, seuls une douzaine sont assez complets ou datés avec assez de précision pour permettre une étude sérieuse. Il nous est impossible de dire avec la moindre certitude jusqu'à quel point il était répandu et ce qui lui arriva. De plus, un nouvel examen de ces vestiges est récemment venu contester la croyance victorienne en une apparence monstrueuse, semi-humaine, de ce type.

En 1957, Straqes et Cave écrivirent : « Réincarné et mis dans un métro new-yorkais – à condition qu'il ait pris un bain, se soit rasé et porte des vêtements modernes –, il est probable qu'il n'attirerait pas plus l'attention que certains des autres voyageurs. »

Un autre anthropologue a exprimé la même idée plus simplement : « Vous lui trouveriez peut-être un aspect rude, mais vous ne vous opposeriez pas à ce qu'il épouse votre sœur. »

De là à ce que pensent déjà certains anthropologues il n'y a qu'un pas : que l'homme du Néanderthal, variante anatomique de l'homme moderne, n'a jamais disparu, qu'il est encore parmi nous.

Une réinterprétation des vestiges culturels associés au Néanderthalien corrobore également une image plus favorable de ce type. Des anthropologues du passé furent très impressionnés par la beauté et la profusion des peintures rupestres qui apparaissent avec l'arrivée de l'homme de Cro-Magnon : autant que les ossements, ces fresques tendirent à renforcer l'idée qu'une nouvelle et merveilleuse sensibilité remplaçait la quintessence de l'« abrutissement ».

Cependant, l'homme du Néanderthal était remarquable à sa façon. Sa culture, appelée moustérienne, de nouveau d'après un site, Le Moustier, en France, se caractérise par un travail de la pierre d'un ordre assez élevé, bien supérieur à celui de n'importe lequel des niveaux culturels antérieurs. Et il est maintenant reconnu que le Néanderthalien avait également des outils en os.

Le fait le plus impressionnant, c'est que le Néanderthalien fut le premier de nos ancêtres à ensevelir rituellement ses morts. Au Moustier, un jeune garçon fut placé dans une tranchée, dans la position du sommeil ; on l'avait muni d'outils en silex, d'une hache en pierre et de viande rôtie. La plupart des anthropologues sont convaincus que ces objets étaient destinés à être utilisés par le défunt dans un quelconque au-delà.

On possède d'autres preuves de l'existence d'un sentiment religieux : en Suisse, il y a un tombeau de l'ours des cavernes, une bête qui était adorée, respectée et aussi mangée. Dans la grotte de Shanidar, en Irak, on a trouvé un Néanderthalien enterré avec des fleurs.

Tous ces éléments indiquent une certaine attitude à l'égard de la vie et de la mort, une vue consciente du monde qui réside au cœur de ce qui, d'après nous, distingue l'homme du reste des animaux. Sur la base des preuves existantes, nous devons conclure que le Néanderthalien fut le premier à les avoir.

Cette réévaluation de l'homme du Néanderthal coïncide avec la redécouverte du contact qu'Ibn Fadlan eut avec les « monstres du brouillard ». La description de ces êtres rappelle l'anatomie néanderthalienne et soulève la question de savoir si la race des Néanderthaliens disparut vraiment de la terre il y a des milliers d'années ou si ces premiers hommes ont débordé sur la période historique.

Les arguments basés sur des analogies sont à double tranchant. On connaît des exemples historiques d'une poignée d'hommes dotés d'une culture technologique supérieure détruisant une société primitive en l'espace de quelques années : c'est en gros l'histoire des Européens débarquant au Nouveau Monde. Mais il y a aussi des exemples de sociétés primitives existant dans des régions isolées et inconnues à des peuples voisins, plus avancés et plus civilisés. Une telle tribu fut récemment découverte aux Philippines.

Les points de vue de Geoffrey Wrightwood, de l'université d'Oxford, et de E.D. Goodrich, de l'université de Philadelphie, résument clairement le débat académique se rapportant aux « monstres » d'Ibn Fadlan. Wrightwood écrit (1971) : « La relation d'Ibn Fadlan nous fournit une description parfaitement utilisable des hommes du Néanderthal, description qui coïncide avec les vestiges découverts et avec nos hypothèses quant au niveau culturel de ces premiers hommes. Nous l'accepterions immédiatement si nous n'avions pas déjà décidé que ces hommes disparurent sans laisser de trace quelque 30 000 à 40 000 ans plus tôt. Nous devons nous rappeler que nous ne croyons à cette disparition que parce que nous n'avons pas trouvé de fossiles plus récents ; toutefois, l'absence de telles pièces ne prouve pas qu'elles n'existent pas.

« Objectivement, il n'y a pas de raison *a priori* de nier qu'un groupe de Néanderthaliens ait pu survivre jusqu'à une date ultérieure dans une région isolée de la Scandinavie. Quoi qu'il en soit, c'est l'hypothèse qui correspond le mieux à la description donnée dans le texte arabe. »

Goodrich, un paléontologue connu pour son scepticisme, prend le contre-pied de cette opinion (1972) : « L'exactitude générale du rapport d'Ibn Fadlan peut nous inciter à fermer les yeux sur certains excès de son manuscrit. Il y en a plusieurs : ils découlent soit d'un conditionnement culturel, soit du désir d'impressionner que peut éprouver un conteur. Il appelle les Vikings des géants, ce qu'ils n'étaient certainement pas ; il insiste sur la saleté et l'ivrognerie de ses hôtes, aspects qui ne frappèrent pas des observateurs moins délicats. Dans sa description des soi-disants " wendols ", il attache une grande importance à leurs poils et à leur aspect bestial, alors qu'en réalité ils n'étaient peut-être pas si velus ni si bestiaux que cela. Ils appartenaient peut-être simplement à une tribu *d'Homo sapiens* qui vivait dans une région isolée et n'avait pas atteint le niveau culturel des Scandinaves.

« Dans le corps de manuscrit d'Ibn Fadlan, on trouve la preuve intrinsèque que les " wendols " étaient bien des *Homo sapiens*. La figurine représentant une femme enceinte que décrit l'Arabe rappelle fortement les gravures et les figures préhistoriques découvertes dans les sites aurignaciens en France et les découvertes gravettiennes faites à Willendorf, Autriche, niveau 9. Aussi bien le niveau culturel aurignacien que le niveau gravettien sont surtout associés à l'homme moderne et non au Néanderthalien.

« Nous ne devons jamais oublier que les observateurs sans formation interprètent souvent les différences *culturelles* comme des différences physiques, et l'on n'a pas besoin d'être particulièrement naïf pour commettre cette erreur. C'est ainsi qu'à une date aussi tardive que 1880, on pouvait encore trouver des Européens éduqués qui se demandaient à haute voix si les Nègres des sociétés primitives africaines étaient des êtres humains ou quelque croisement bizarre entre l'homme et le singe. N'oublions pas non plus que certaines sociétés dont les niveaux de culture sont très différents peuvent coexister l'une près de l'autre : nous trouvons de tels contrastes en Australie, par exemple où voisinent l'Âge de la pierre et l'Âge du jet. Par conséquent, en interprétant la description d'Ibn Fadlan, il n'est pas nécessaire de postuler un vestige néanderthalien, à moins qu'il ne nous prenne la fantaisie de le faire. »

Pour finir, les arguments achoppent sur la limitation bien connue de la méthode scientifique elle-même. Le physicien Gerhard Robbins note : « Strictement parlant, aucune hypothèse ou théorie ne peut être prouvée. On ne peut que la réfuter. Quand nous disons que nous croyons à une théorie, nous voulons dire en réalité que nous sommes incapables de prouver qu'elle est fausse – et non pas que nous sommes capables de démontrer qu'elle est incontestablement juste.

« Une théorie scientifique peut se maintenir des années, voire des siècles : elle peut accumuler des centaines d'éléments de preuves corroborantes pour l'appuyer. Cependant, elle reste toujours vulnérable : il suffit d'une seule découverte contradictoire pour ébranler cette hypothèse et créer le besoin d'une nouvelle théorie. On ne sait jamais à quel moment apparaîtra une telle preuve contradictoire. Peut-être demain, peut-être jamais. Mais l'histoire de la science est parsemée des ruines d'édifices grandioses qu'un hasard, un petit détail, a fait s'effondrer. »

C'est ce que Geoffrey Wrightwood voulait dire quand, en 1972, il déclara au Septième Symposium international de la Paléontologie humaine : « Tout ce dont j'ai besoin est un crâne, ou un fragment de crâne, ou un morceau de mâchoire. En fait, tout ce dont j'ai besoin est une seule bonne dent, et le débat sera clos. »

Jusqu'à la découverte de ces pièces, on continuera à se perdre en conjectures et chacun pourra adopter le point de vue qui correspond le mieux à son sens personnel de l'harmonie des choses.

Sources

I. *Sources directes*

Yakut ibn-Abdallah MS, lexique de géographie, ? 1400 après J.-C.
N° 1403A-1589A, archives de la bibliothèque universitaire, Oslo, Norvège.
Traductions : Blake, Robert et Frye, Richard ; dans *Byzantina-metabyzantina : A Journal of Byzantine and Modern Greek Studies*, New York, 1947 ;
Cook, Albert S. ; New York, 1947 ; Fraus-Dolus, Per ; Oslo, 1959-1960 ; Jorgensen, Olaf ; 1971, inédit ; Nasir, Seyed Hossein ; 1971, inédit.
MS de Saint-Pétersbourg, une histoire locale, publiée par l'Académie de Saint-Pétersbourg, 1823. N° 233M-278M, archives de la bibliothèque universitaire, Oslo, Norvège.
Traductions : Fraus-Dolus, Per ; Oslo, 1959-1960 ; Stenuit, Roger ; 1971, inédit ; Soletsky, V.K. ; 1971, inédit.
Ahmad Tusi MS, géographie, 1047 après J.-C., papiers de J.H. Emerson.
N° LV 01-114, archives de la bibliothèque universitaire, Oslo Norvège.
Traductions : Fraus-Dolus, Per ; Oslo, 1959-1960 ; Nasir, Seyed Hossein ; 1971, inédit ; Hitti, A.M. ; 1971, inédit.

Amin Razi MS, une histoire de la guerre, 1585-1595, papiers de J.H. Emerson.
N° LV 207-244, archives de la bibliothèque universitaire, Oslo, Norvège.
Traductions : Fraus-Dolus, Per; Oslo, 1959-1960; Bendixon Robert; 1971, inédit; Porteus, Eleanor; 1971, inédit.
Manuscrit de Xymos, fragment d'un manuel de géographie, ? date, legs A.G. Gravras.
N° 2308T-2348T, archives de la bibliothèque universitaire, Oslo, Norvège.
Traductions : Fraus-Dolus, Per; Oslo, 1959-1960; Bendixon, Robert; 1971 inédit; Porteus, Eleanor ; 1971, inédit.

II. *Sources indirectes*

Berndt, E. et Berndt, R.H. « An annoted Bibliography of References to the Manuscript of Ibn Fadlan from 1794 to 1970 », *Acta Archaeologica,* VI : 334-389, 1971.

Cette remarquable compilation renverra le lecteur que cela intéresse à toutes les sources indirectes concernant le manuscrit et qui ont paru en anglais, en norvégien, en suédois, en danois, en russe, en français, en espagnol et en arabe entre les dates citées. Soit 1 042 au total.

III. *Ouvrages de référence générale*

Ces livres intéresseront les lecteurs qui n'ont pas de connaissances spéciales en archéologie ou en histoire. Seuls sont cités les ouvrages en anglais.

Wilson, D.M. *The Vikings*, Londres, 1970.
Brondsted, J. *The Vikings*, Londres, 1960, 1965.

Arbman, H. *The Vikings*, Londres, 1961.
Sawyer, P. *The Age of the Vikings*, Londres, 1962.
Jones, G. *A History of the Vikings*, Oxford, 1968.
Foote, P.G. et Wilson, D.M. *The Viking Achievements*, Londres, 1970.
Kendrick, T.D. *A History of the Vikings*, Londres, 1930.
Azharedn Abdul. *Necronomicon* (ed. H.P. Lovecraft), Providence, Rhode Island. 1934.

Note factuelle sur *Le Treizième Guerrier*

Le Treizième Guerrier fut conçu à la suite d'un pari. En 1974, mon ami Kurt Villadsen se proposait de préparer un cours universitaire qu'il voulait intituler « Les Grands Raseurs ». Ce cours devait rassembler tous les textes considérés comme essentiels pour la civilisation occidentale, mais qu'en vérité personne ne lit plus à moins d'y être obligé parce qu'ils sont très ennuyeux. Et le premier de ces grands raseurs, selon lui, serait le poème épique *Beowulf*.

Je contestai ce jugement, arguant que *Beowulf* était un récit dramatique et exaltant – et que je pouvais le prouver. Je rentrai chez moi et me mis immédiatement à prendre des notes en vue de la rédaction de ce roman.

Je pris pour point de départ ce courant de la critique universitaire qui considère que la poésie épique et la mythologie s'inspirent de faits réels.

Heinrich Schliemann présuma que l'Iliade racontait une histoire véridique, et découvrit ce qu'il affirma être Troie et Mycènes ; Arthur Evans pensait qu'il y avait du vrai dans le mythe du Minotaure, et découvrit le Palais de Knossos en Crète [1] ; M.I. Finley et d'autres reconstituèrent l'itinéraire d'Ulysse dans *l'Odyssée* [2] ; Lionel Casson a publié le résultat de ses recherches sur les voyages réels qui ont peut-être servi de base au mythe de Jason et des Argonautes [3]. À partir de cette tradition, il semblait donc raisonnable d'imaginer que *Beowulf* était également basé à l'origine sur des événements historiques réels.

Événements embellis par des siècles de tradition orale, et qui ont abouti au récit fantastique que nous lisons aujourd'hui. Mais je pensais qu'il devait être possible d'inverser le processus, et, dépouillant l'histoire de l'invention poétique, de retrouver le noyau dur de l'expérience humaine authentique – à savoir ce qui s'était effectivement passé.

L'idée de découvrir les faits sous la fiction était séduisante mais difficile à mettre en pratique. La recherche moderne ne propose pas de processus objectif pour séparer l'invention poétique des faits réels. Le simple fait d'essayer supposerait d'innombrables décisions subjectives, petites et grandes, à chaque page – et, au bout du compte, tant de décisions arbitraires que le résultat serait inévitablement une nouvelle invention : une fantaisie pseudo-historique moderne sur ce qu'auraient pu être les événements, à l'origine.

---

1. On trouvera le récit classique des travaux d'Evans et Schliemann dans C. W. Ceram (Kurt W. Marek) : *Gods, Graves and Scholars (Dieux, Tombeaux et Savants)*, Alfred A. Knopf, New York, 1967.

2. M.I. Finley : *The Worlds of Odysseus (Les Mondes d'Ulysse)*, Viking Press, New York, 1965.

3. Lionel Casson : *The Ancient Mariners, Sea Farers and Sea Fighters of the Mediterranean in Ancient Times (Les Marins, Navigateurs et Guerriers de la Méditerranée pendant l'Antiquité)*, Macmillan, New York, 1959.

Ce problème insoluble m'empêche de continuer. Naturellement, en écrivant un roman, j'avais bien l'intention de créer une fiction de mon cru. Mais la fiction exige une logique rigoureuse, et j'étais troublé par la logique sous-tendant ce que je désirais écrire. Puisqu'un véritable érudit ne pouvait pas faire ce que je projetais, je découvris que je ne pouvais pas prétendre l'avoir fait dans mon roman. Il ne s'agissait pas d'un manque d'imagination ou de courage. C'était un problème purement pratique. Comme l'érudit, je n'avais aucune base sur laquelle décider quels éléments du *Beowulf* je devais conserver ou éliminer.

Bien que l'idée d'écrire en suivant un processus inverse semblât intenable, elle ne laissait pas d'aiguiser mon intérêt. Je me posai une question différente : supposons un instant que les problèmes pratiques qui me troublaient n'existent pas, et que le processus puisse effectivement être mené à son terme. À quel genre de roman aboutirait-on ? J'imaginai que ce pourrait être le récit assez terre à terre de batailles survenues plus de mille ans plus tôt. En fait, je soupçonnais que cela ressemblerait probablement à la plupart des récits de témoins oculaires d'événements célèbres, écrits par des gens n'ayant pas conscience de l'importance de ces événements.

Cette réflexion finit par m'amener à la solution de mon problème. À l'évidence, je désirais écrire un récit de témoin oculaire. Je ne pouvais pas le tirer du *Beowulf* actuel, et je ne voulais pas l'inventer. J'étais dans une impasse. Mais je finis par réaliser que je n'avais pas à l'inventer – car je pouvais le *découvrir*.

Supposons, me dis-je, qu'un observateur contemporain ait assisté à ces batailles, et en ait écrit un récit, transformé par la suite en poème. Supposons également que ce récit *ait existé* mais n'ait jamais été reconnu pour ce qu'il était. Dans ce cas, aucune invention n'était nécessaire de ma part. Je pouvais simplement reproduire le récit du témoin oculaire, et l'annoter pour le lecteur.

Le concept du manuscrit préexistant court-circuitait les problèmes logiques qui me paralysaient, car ce manuscrit ne serait pas ma création – même si je le créais en fait. Naturellement, il s'agit d'un raisonnement par l'absurde, mais nous en faisons tout le temps. Souvent, les acteurs ne peuvent pas jouer sans un accessoire, une fausse moustache ou quelque autre artifice pour se dissocier du personnage qu'ils interprètent. J'étais engagé dans un processus similaire.

Quel type de narration serait le plus désirable ? Je conclus que le récit le plus utile serait écrit par un étranger – quelqu'un n'appartenant pas à la culture en question, et qui rapporterait les événements objectivement, tels qu'ils s'étaient passés. Mais qui pouvait être cet observateur extérieur ? D'où serait-il venu ?

À la réflexion, je réalisai que je connaissais déjà un tel personnage. Au Xe siècle, un Arabe du nom d'Ibn Fadlan était parti de Bagdad, et, se dirigeant vers le nord, avait atteint ce qui est actuellement la Russie, où il avait été en contact avec des Vikings. Son manuscrit, bien connu des érudits, constitue l'un des témoignages les plus anciens que nous possédions sur la vie et la culture des Vikings [1].

---

1. Parmi les nombreuses publications sur les Vikings destinées au grand public, voir : D.M. Wilson : *The Vikings*, London 1970 ; J. Bronsted : *The Vikings*, London, 1955 ; P. Sawyer : *The Age of the Vikings* (L'Âge des Vikings), London 1962 ; P.G. Foots and D.M. Wilson : *The Viking Achievements* (Les

J'en avais lu des passages quand j'étais étudiant. Ibn Fadlan avait une voix et un style bien à lui. Il était inimitable. Il était vraisemblable. Il était inattendu. Et, au bout de mille ans, je me dis qu'Ibn Fadlan n'aurait pas d'objections à être ressuscité dans un nouveau rôle, celui de témoin des événements ayant abouti au poème épique de *Beowulf*.

Bien que le manuscrit complet d'Ibn Fadlan ait été traduit en russe, en allemand, en français et dans bien d'autres langues, seuls certains passages avaient été traduits en anglais. Je me procurai les fragments traduits existants et les combinai, avec quelques menues retouches, pour en tirer les trois premiers chapitres du *Treizième Guerrier* [1]. Puis j'écrivis le reste du roman dans le style du manuscrit, pour lui faire accomplir le reste d'un voyage désormais fictif. J'ajoutai aussi des commentaires et quelques notes extrêmement pédantes.

J'avais bien conscience que le véritable voyage d'Ibn Fadlan, accompli en 921 de notre ère, était sans doute trop tardif pour avoir servi de base au *Beowulf*, dont la plupart des érudits s'accordent à penser qu'il fut sans doute écrit cent cinquante ans plus tôt. Mais la datation du poème est incertaine, et, à un certain

---

Réalisations des Vikings), London, 1970 ; certains de ces ouvrages citent des passages du manuscrit d'Ibn Fadlan.

1. À ma connaissance, il n'existe toujours que deux sources principales en anglais. La première est constituée par les fragments que j'ai lus au temps de mes études dans Robert Blake and Richard Frye : *The Vikings Abroad and at Home* (Les Vikings à l'étranger et chez eux), dans Carleton S. Coon : *A Reader in General Anthropology* (Manuel d'Anthropologie générale), Henry Holt and &, N.Y., 1952, pp. 410-416. On trouvera la deuxième source dans Robert Blake and Richard N. Frye : « Notes on the Risala of Ibn Fadlan », *Byzantina Metabyzantina*, 1949, vol. 1, 2e partie, New York, pp. 7-37. Je remercie le Professeur Frye de son aide lors de la première publication de ce livre et de sa récente réédition.

stade, un romancier affirmera toujours son droit à prendre des libertés avec les faits. Et *Le Treizième Guerrier* contient beaucoup d'anachronismes évidents, particulièrement quand Ibn Fadlan rencontre un groupe de Néanderthaliens survivants. (L'une des bizarreries de ce livre, c'est que les décennies écoulées depuis sa rédaction ont vu une réévaluation de l'homme de Néanderthal ; et l'idée que quelques-uns d'entre eux pouvaient avoir survécu jusqu'au dixième siècle dans des endroits écartés ne semble plus aussi saugrenue qu'alors.)

Mais assurément, le jeu que joue le livre avec ses bases factuelles se fait de plus en plus complexe à mesure qu'il se développe, jusqu'au moment où le texte devient assez difficile à évaluer. Je m'intéresse depuis longtemps à la vraisemblance, au détail qui nous fait prendre quelque chose pour réel, à celui qui nous fait comprendre qu'il s'agit d'une fiction. Mais je conclus finalement que dans *Le Treizième Guerrier*, j'avais poussé le jeu trop loin. Pendant que j'écrivais, j'avais l'impression que la réalité et la fiction étaient clairement délimitées ; par exemple, l'un des traducteurs cité, Per Fraus-Dolus, signifie littéralement en latin « par tromperie-fourberie ». Mais au bout de quelques années, je ne pouvais plus distinguer avec certitude les passages vrais des passages inventés ; à un certain stade, j'allai même un jour dans une bibliothèque universitaire, pour essayer de retrouver certaines références de ma bibliographie, concluant finalement, après des heures de recherches frustrantes, que, malgré leur aspect convaincant, elles devaient être fictives. J'étais furieux d'avoir perdu mon temps, mais je ne pouvais m'en prendre qu'à moi.

Je mentionne cette anecdote parce que la tendance à estomper les frontières entre les faits et la fiction est devenue très répandue dans la société moderne. Actuellement, on insère, sans coutures visibles, de la fiction dans tout, depuis l'histoire érudite jusqu'aux journaux télévisés. Bien sûr, chacun sait que la télévision est vénale, et ses transgressions sont écartées d'un haussement d'épaules par la plupart d'entre nous. Mais l'attitude des érudits « post-modernes » représente une provocation plus fondamentale. Certains érudits prétendent sérieusement qu'il n'y a pas de différence entre les faits et la fiction ; que toutes les façons de lire un texte sont arbitraires et personnelles, et que, par conséquent, la pure invention est aussi valide que la recherche approfondie. Au mieux, cette attitude réduit à néant la discipline universitaire traditionnelle ; au pire, elle est mauvaise et dangereuse [1].

Mais ces modes universitaires n'étaient pas prédominantes il y a vingt ans, quand j'entrepris d'écrire ce roman sous forme de monographie érudite, et elles peuvent changer de nouveau dans l'avenir – surtout si les érudits se lancent à la recherche de notes imaginaires ainsi que je l'ai fait.

En ces circonstances, je devrais peut-être préciser que les notes de cette postface sont authentiques. Le reste du roman, y compris l'introduction, le texte, les notes et la bibliographie, doit être considéré comme de la fiction.

---

1. Sur les tendances de la pensée universitaire post-moderne, voir par exemple Pauline Marie Rosenau : *Post-Modernism and the Social Sciences : Insights, Inroads and Intrusions* (Le Post-Modernisme et les Sciences Sociales : Aperçus, Empiétements et Intrusions), Princeton, New Jersey, 1992 ; et H. Aram Veser, éd., *The New Historicism*, Routledge, New York, 1989.

Lors de la première publication du *Treizième Guerrier*, cette version fantaisiste de *Beowulf* fut fraîchement accueillie par la critique, comme si j'avais profané un monument sacré. Mais les érudits spécialistes de *Beowulf* ont semblé prendre plaisir à sa lecture, et beaucoup ont pris la plume pour le dire.

M.C.
Décembre 1992

Table

Introduction 13

LE ROYAUME DE ROTHGAR 25
Le départ de la Cité de la Paix 27
Les usages des Turcs Oguz 34
Premier contact avec les hommes du Nord. . . . 42
Les conséquences des funérailles 53
Le voyage au pays lointain 61
Le camp de Trelbourg. 79
Le royaume de Rothgar au Pays de Venden . . 89
Les événements qui suivirent la première bataille 114
L'attaque de Korgon, le dragon-luciole 132
Le désert de l'effroi 147
Le conseil du nain 158
Les événements de la nuit précédant l'attaque . 165
Les grottes tonnantes 169
L'agonie des wendols 183
Le départ du pays du Nord 190

Appendice : Les monstres du brouillard. 195
Sources 202
Note factuelle sur Le Treizième Guerrier 205

Imprimé en France par EPAC Technologies
N° d'impression : 4550414321820
Dépôt légal : juillet 1999